Yared Dibaba wurde 1969 im Südwesten Äthiopiens im Volk der Oromo geboren und kam 1979 als Bürgerkriegsflüchtling mit seiner Familie nach Falkenburg im Oldenburger Land. Hier hat er auch seine Liebe zur plattdeutschen Sprache entdeckt. Seit 2006 besuchte er für die Sendung „Die Welt op Platt" im NDR Fernsehen Plattschnacker auf allen Kontinenten. Yared Dibaba ist seit Anfang 2007 Autor und Sprecher der NDR-Sendereihe „Hör mal´n beten to“, war von 2007 bis 2009 gemeinsam mit Bettina Tietjen Gastgeber der Freitagabend-Talkshow „Die Tietjen und Dibaba“ und moderiert im NDR Fernsehen „Mein Nachmittag“ und im Radio bei NDR 90,3. Yared Dibaba ist verheiratet, hat zwei Kinder und lebt in Hamburg. Seit 2008 erscheinen seine Geschichten und Erzählungen auch in Büchern.

Yared Dibabas

Allerbest

Quickborn-Verlag

Die plattdeutsche Schreibweise des Autors
ist unverändert übernommen worden.

.

ISBN 978-3-87651-480-2

Umschlagfoto: Thomas Leidig, Bad Bramstedt
Umschlaggestaltung: Günter Pump, Nordhastedt
Gesamtherstellung: CPI books GmbH, Leck
Der Umwelt zuliebe
auf chlorfrei gebleichtem Papier gedruckt
Printed in Germany

Inhalt

De Uropa

Ik weer mol bi Markus Lanz inlaad un dor hett mi de Kolleeg Lanz fraagt wo dat vun kümmt, dat ik so geern Platt schnacken do. Dor heff ik em verkloort, dat ik Platt vun mien Uropa lehrt heff un de hett mi denn achteran as Entwicklungshölper för dat Plattdüütsche no Norddüütschland schickt. So schull ik mi för dat Plattdüütsche insetten.
Een Tokieker hett dat ganze sehn un hett mi denn een Breef schreven:

Lever Yared Dibaba,
ik heff den Henwies kregen, dat Se bi Markus Lanz in de Sendung vertellt hebbt, dat de Minschen in dat Tal in Oromia in Süden vun Äthiopien, wo Se leevt hebbt, Plattdüütsch schnackt.
Ik heff mi den glieks de Sendung in't Internet ankeken un kunn mien Klüsen nich mehr glöven.
Ik heff de ooltdüütsche Spraak studeert un heff ok noch een Spraakforscher an de Hannen, de hett rutfunnen, dat de Lüüd Plattdütüsch mol op den

helen Planeten schnackt hebbt. Dormit hebbt Se, Herr Dibaba, för uns den Bewies för uns ganze Forschung levert. Se sünd sotoseggen, de levende Bewies dorför.

Wi weet nämli, dat de Noom för Afrika vör bummelig 200 Johrn Africa oder sogor Afrisa weer.

Afrisa is een Wort, dat sik ut twee Wöör tosomen sett wo se bi den eersten Deel een Bookstaven weglaten hebbt.

Eegentli mutt dat T a Frisa heten – de Friesen – wat översett meent „De Freen".

Hüüt gifft de Friesen also de Freen blots noch in Norddüütschland.

Un so verhöllt sik dat ok mit Europa – dat hett nich wat mit jichtenseen een Göttin to doon, sünnern hier hebbt se ok den Anfang wat weglaten.

Egentli bedüüt dat Woort Te Uropa – „De Uropas"

Sien Heimotort „Omo" warrt hüüt bi uns „Homo" schreven un bedüüt Minsch.

In Italien seggt se Uomo, in Spanien seggt se Hombre un in Frankriek heet dat Homme.

Ik dank ehrn Uropa, dat he se herschickt hett,

best Gröten H. Böttcher

S-Bohn Vertellen

Dat weer mol wedder´n richtig hektischen Dag. Mien Fru weer bi de Arbeit, de Babysitter krank un de Lütte mit sien Kinnergoorn ünnerwegens, no´t Ohnsorg-Theater. Dor hebbt se sik dat Kinnerstück „Der Zauberer von Oz“ ankeken. Un ik weer, as´t schien, de eenzige, de Tiet harr, den Lütten dor wedder aftohalen. Un Punkt halvig veer heff ik tosehn, dat ik ok bitieden ´n S-Bohn nehm, dat ik ok to rechte Tiet dor weer.

Ik heff mien Kapuzenjack nohmen un mi mien Baseball-Mütz opsett, dat weer nämlich ´n beten koolt buten, un mi op´n Weg mookt. Heff ok glieks ´n S-Bohn kregen un bün denn ok fix an´n Jungfernstieg ankamen. As ik dor de Döör vun de S-Bohn opmoken wull, stünn dor al´n olen Mann vör. He versöch jüst, de Döör optokriegen, hett dat aver nich schafft. „Kann mir bitte mol jemand die Tür aufmachen?“, hett he fraagt. Dat heff ik daan un em ok holpen ruttokamen. As wi nu buten weern, hett he mi fraagt: „Können Sie mir vielleicht auch helfen,

aus der U-Bohn Station raus zu finden? Ich muss zum Ballindamm." Ik heff hen un her överleggt, un heff denn seggt: „Ich muss ja eigentlich zum Ohnsorg-Theater, aber was soll´s, ich bringe Sie noch eben schnell zum Ballindamm."
Denn hett sik de Mann eenfach mien Ellbagen grepen, hett sik dor an fastholen un is mit mi mitlopen, as weer´t dat Normolste vun de Welt. As wi nu so ünnerwegens weern, heff ik mi´n beten wunnert, dat so´n olen Mann, ohn lang to överleggen, so´n groot Vertroen to mi hett. Un denn heff ik mi ok fraagt, woans dat angohn kann, dat he op de een Siet fraagt, wat ik em helpen kann, he sik aver op de anner Siet in düssen Tunnel-Wirrwarr egentlich teemlich goot utkennen dä, denn bi een Krüüz sä he mit´nmol: „Ich glaube, hier müssen wir geradeaus" un bi´n anner denn: „Hier müssen wir links abbiegen und dann die Rolltreppe hoch!"
Aver denn hett mi dat langt un ik heff em bisiet nohmen un heff em fraagt: „Jetzt verraten Sie mir mol bitte, wozu Sie meine Hilfe brauchen? Ich habe das Gefühl, Sie kennen sich besser aus als ich?" He anter: „Ja, wieso, ich kann doch nichts sehen!" Dor kööont Ji Jo wiss vörstellen, wat ik dor keken heff.
„Dann sehen sie auch nicht, was ich anhabe, und sie sehen auch nicht, dass ich vielleicht nicht so ganz norddeutsch aussehe, wie die anderen um uns

herum?“ Un he sä: „Nein, wie denn?“ Un nu heff ik ok verstohn, woso he so freeweg op mi tokamen is. Un denn hett he mi ok noch fraagt: „Sie schnacken doch Platt, oder?“

Ik heff mi düchtig verjaagt, un freit heff ik mi ok, dat he mi kennt hett, heff mi aver ok wunnert, dat´n blinnen Mann weet, dat ik de „Welt op Platt“ in´t Fernsehn modereert heff un sä: „Ja, platt schnack ik. Kennen Sie mich etwa?“

He sä denn: „Nee, kennen do ik di nich. Aver wat wullt du sünst bi´t Ohnsorg-Theater, wenn du keen Platt schnackst?“

De Imbiss an de Eck

Ik heff mol in´n Stadt leevt, dor geev dat´n ganz feinen Eck-Imbiss. Un dat weer keen typischen Imbiss, so mit Knackwust, Halven Hohn un Pommes-rot-weiß, nee, dor geev dat Gyros, Rollo un Pizza satt, den ganzen Dag un de ganze Nacht. Un jümmers wenn wi vun de Piste oder vun de Arbeit keemen, güngen wi dor hen un eten denn dat letzte Mol för den Dag. Ik bün dor vele Johrn hen gohn un weer al dat, wat een´n Stammkunnen nöömt.

Egentlich will ik jo dat ja geern vertellen, wo dat allns speelt, aver ik will hier keen Schleichwerbung moken.

Dat Beste an düssen Imbiss weer aver, dat sik dor de ünnerscheedlichsten Lüüd drepen. Jung un oolt, arm un riek, Fruunslüüd un Mannslüüd, Stadtlüüd un de Lüüd vun´t Land. Dor geev dat jümmers´n goden Mix.

Dat Allerbest weern aver, de Keerls, de dor arbeiden dään, de keemen ut Sri Lanka un schnacken ok mit

den typischen singalesischen (so heet dat nämlich) Tungenslag.
Dat güng denn jümmers so: „Hallo gudden Dag, was daaf sein? Giros, Rollo oder Pizza?“ Meisttiets sään de Lüüd Rollo. Un denn keem dat, wat ik an´n Besten finnen dä. Denn fraag de Keerl achter den Tresen „saaf oder nisso saaf?“. Is kloor, wat dat heet? Wat he dat mit Tabasco mag oder lever nich.
Ik heff ok all mien Frünnen dorvun vertellt, wat dor so passeer un heff ok glieks Werbung för den feinsten Imbiss vun de Welt mookt. Un jümmers, wenn ik dor een vun mien Lüüd mit hennehmen dä, tööv de op de berühmte Fraag: „Saaf oder nisso saaf?“. Un wenn de keem, lach he sik jümmers kringelig.
Een Dag mol, dor weern wi jüst mit´n poor Lüüd vun een Konzert trüchkamen un harrn uns dacht: „Minsch, un nu noch´n feinen Rollo – saaf, is ja kloor!“
Also sünd wi mit alle Mann no den Imbiss an de Eck rin un hebbt veer Rollos un veer Beer bestellt – een richtige Gourmetplatte vun de Eck.
Un as ik so bi´t Eten weer un so ut dat Finster rut kieken dä, dor sehg ik twee Jungs ut´n Auto mit´n gröön Nummernschild ut Brake utstiegen. Ik segg mol, de Fohrer steeg ut un de anner torkel un beide direktemang rin no den Imbiss. Wi hebbt uns all

ankeken un uns fraagt, wo de Dune woll dat mit dat Bestellen henkriegen wull. Dor stünn de Keerl, Hand in de Büxentasch, de Ogen tosamen knepen un dingel vör un trüch, as wenn he runne Fööt harr – allns natürlich in Superzeitlupe. Denn op eenmol: „Hallo, gudden Dag, was daaf sein? Giros, Rollo oder Pizza?“ – De Jung sä ganz dröög: „Rollo“ – vun achtern Tresen keem dat so, as wi dat kennen, dachen wi tominst: „Saaf...“ un ehr he nu sien Schnack to Enn bringen kunn, keem vun uns Braker Gast: „Nee, Pute!“

Un dor is uns all veer tosamen de Rollo mit 175 km/h ut dat Gesicht fullen.

Handymania

Gifft dat vundaag eegentlich noch Lüüd, de keen Handy hebbt un wo verafreedt een sik hüüt verbindlich, ohn jümmersto den Oort un de afmookte Tiet to ännern? Sünd wi ohn Handy överhaupt noch levensfähig un kann een sik ohn Handy hüüttodaags överhaupt noch verafreden? Een Oort Feldtest kunn ik an´n Anfang vun dit Johr an´t eegen Liev beleven:

So as jedeen Johr bün ik ok in dissen Maimoond mit miene Kumpels an´n Vadderdag op Tour ween. Siet een poor Johrn wannert wi nich mehr, sünnern fohrt mit dat Kanu – tomehrst in Neddersassen. Man wiel wi in de letzten Johrn jümmers tominst een Boot dorbi harrn, dat op dramatisch Oort un Wies ünnergohn is, heff ik in gode Vörutsicht mien Handy un anner Weertsaken in´n Huus laten. Twüschen miene Kumpels un mi weer jo ok allns afmookt: wonnehr un wo wi us draapt, welken Toch wi af Hamborg-Hauptbohnhoff nehmt un so wieder. Dor bruuk ik dat Handy jo nich, dach ik tominst.

Man dit Johr keem uns een Grootinsatz vun de Polizei in´ne Queer. De müssen an´n Bohnhoff de Besöker vun een ploonte Demo ünner Kuntroll bringen un hebbt dorför Deele vun den Bohnhoff afsparrt. Dor keem denn bi rut, dat de Bohnhoff un de Bohnsteeg restlos överfüllt weern un de gesamte Afloop woll tohoop breken wull. Keek een vun baven op de Gleise, sehg dat ut as een groten Miegenhopen. Överall Minschen. Man doch hebbt mien Kumpel Nils un ik uns, as dör een Wunner, funnen. Ok Nils, de kloke Köter, harr op dat Mitnehmen vun sien Handy verzicht. Man de Rest vun de Trupp weer nich dor. Wiel dat nu man Tiet worr, güngen wi no dat Gleis un stegen in den Toch, de dor al stünn. Eerst as sik de in´ne Richt vun Uelzen in Bewegung sett hett, hebbt wi unse Kumpels op den Bohnsteeg rop hetzen sehn. Man to laat – se hebbt den Toch nich mehr rechtiedig kregen. In de Raatlosigkeit över dat , wat nu kümmt, argern wi uns al, dat wi nich de mobilen Hölper dorbi harrn. Denn wi wussen nich, wat wi nu moken schullen. In Harborg wedder utstiegen un torüch no den Bohnhoff föhrn? Bit to den afmokten Tour-Startpunkt föhrn un dor töven? Wat mookt woll de annern, de harrn uns jo gor nich in den Toch sitten sehn? Wieldes de Toch nu in´t Rullen keem, hett sik een Osteuropäer to uns gesellt. He fraag, of wi een

Neddersassenticket harrn un of he dorop mitföhrn kunn. Wiel unse Grupp nu man blots ut twee un nich as plaant ut fief Lüüd bestunn, weer dat keen Problem. So seet Pavel nu bi uns un hett uns Spekulatschoonen över dat nächste Vörgohn tolustert. He kunn man blots recht slecht düütsch schnacken, man he verstünn uns Problem. He bood uns an, mit sien Handy to telefoneern, üm mit de restliche Trupp Kontakt optonehmen. Wat för een prima Angebot! Blots hett een de furchtbor langen Mobilfunknummern nich in´n Kopp un nich jichtenswo opschreven, de sünd man blots in´t Handy ingeven. Nu müss mien Fru de Schaltzentraal spelen. Ik heff also bi mi in´t Huus anpingelt un mien Fru hett denn de Jungs anropen, de harrn gottloff ehr Handys dorbi. Denn hett se wedder uns Bescheed seggt un denn nochmaal hen un her, bit de ne´e Ploon stünn. Wi hebbt uns denn opletzt an den ursprünglich afmakten Oort drapen. Man blots mit een lüttje Verspäten kunn de Vadderdagstour anfangen un weer – afsehn vun de Maleschen op den Bohnhoff – mol wedder een fantastischet Beleevnis.

Mien Fru müss nülichs in Saken Handy al wedder för mi inspringen. Ik weer mit eene Kollegin to een Geschäftstermin verafreedt un harr mien Handy in´t Huus liggen laten. Dor keem denn een SMS mit

„Where are you?“ an – vun een unbekannten Deelnehmer. Wiel mien Fru dat nu kennt, dat ick af un to dat olle Handy to Huus vergeten do, un se denn för mi antert, un sik man nich seker weer, wat disse SMS wat mit den Termin to doon harr oder nich, anter se vörsichtig mit „Bin auf dem Weg“. Ok ohn to ünnerschrieven. Denn keem wedder „Ich stehe im Mercedes vor der Tür“. Dat keem mien Fru nu man doch spaansch vör un se weer sik in dissen Momang rieklich unseker, wat dat allns to bedüden harr. Üm dat to verstohn, reep se de Nummer eenfach an. An´t annere Enn weer denn miene Kollegin, de mi al düchtig söcht hett. As sik rutstellt, stünnen wi beide vör ünnerscheedlich Ingäng vun dat Huus. To´n Glück hefft wi uns denn doch noch fröh noog drapen un wi kunnen den Termin pünktlich wohrnehmen.

As mien Feldtest wiest hett, geiht dat vundaag nich mehr ohn Handy. Blots denn, wenn een een „Geheimwaffe“ as mien Fru in de Achterhand hett...

Pingel Pingel Mors Mors!

Bi mien letzte Reis no Afrika is mi opfullen, in´n Busch is dat ruhig worrn. De Buschdrummeln sünd verstummt. Dorför piepst, pingelt un vibreert dat an jedeen Eck. Wenn een neger henkiekt, süht een överall Minschen, de mit een Mobiltelefon rümloopt. Afsünnerlichet Bild in de sünst doch so armen afrikaanschen Staaten, ofschoonst sik ok in Düütschland dat Phänomen „Mobiltelefon" dör all Gesellschopschichten treckt.

Status un Besitz schient ok een internatschoonol un Kultur övergriependet Phänomen to ween. Nu denn. Liekers funn ik dat al komisch, dat dor op de eenen Siet de moderne Technick in een poor Dörper noch nich so wiet komen is, een annersiets aver so modernen Kraam as een Handy hett. Dorbi hett dat Ganze eenen pragmatischen Achtergrund, as sik dat nu rutstellt hett. Dat liggt ganz eenfach an den Ümstand, dat de Fastnett-Telefonleitungen noch as Överland-Leitung verleggt worrn sünd un Kupfer nu mol eenen attraktiven Marktweert hett, so dat de Kabel foken eenfach klaut un to Geld mookt warrt. Dat föhrt jümmer wedder to Tohoopbreken in de Telekommunikatschoon un so bütt een Verbinnung via Satellit een toverlaten Alternativ. Interessanter Wies is no een Uno-Statistik de Tall vun de Handys in Afrika vun 25,3 Millionen in dat Johr 2001 op 192,5 Millionen in dat Johr 2006 anstegen.

Interessant is ok, dat de Minschen dor dat Handy nich bruukt, üm würklich miteenanner to schnacken, denn dat is bannig düer. Ok warrt dor meist keen SMS oder MMS schickt. Ok to düer. Un doch piepst un bimmelt dat överall. De Lösung vun dat Radel is heel eenfach: een telefoneert nich mehr, sünnern een mookt Pingelteken ut, üm sik to verafreden. Een funkt oder morst sik an. So as ganz fröher. In dat Pingeln liggt also de Noricht. Een mookt mit sien´ Frünnen Codes ut, heeft nich af, sünnern hört bi bestimmte Nummern eenfach genau hen: Een Pingelteken heet „Ruf mich zurück", twee Pingelteken heet „Hol mich ab". Dat kann ok jüst so goot „Ich bin fertig", „Schlaf schön" oder „Geht´s dir gut?" heten. Wat genau meent is, weet blots de Bedrapen.

De Nettbedriever sünd notürlich düchdig argerlich över den eegenwilligen Ümgang mit dat Mobiltelefon. Jem suust Ümsätz in Millionenhöchde dör de Lappen, ofschoonst ehr Handynetten nutzt warrt. Ik finn de Idee mit dat Morsen heel pfiffig. Ofgliek dat jüst so nervig is, jümmers vun pingelnd un piepsend Gerätschaap ümgeven to ween, as vun Minschen, de würklich mit dat Handy telefoneert. Een komplette Stummschaltung mit ünnerscheedlich Vibratschoonsoorten oder Farven, in de dat Display lücht, weer doch een dulle Entwicklung speziell för Ballungszentren. Dat spoort denn Kosten för de Nutzer un Nerven för all de annern. Ik mutt mien Vermoden vun´n Anfang vun disse Geschicht torüchnehmen. De Busch is nich verstummt. De Buschdrummeln funkschooneert as eh un je – man blots op moderne Oort un Wies.

Sibirien

As ik as Moderator för de Sennung „Die Welt op Platt“ ünnerwegens weer, hebbt wi een Plattschnackerin in Sibirien besöcht. Bi uns denkt en, Sibirien is so een unwürklichet Land un blots een paar Lüüd köönt sik vörstellen, dor mol hentoföhren un noch weniger köönt sik vörstellen dor Urlaub to moken. De Unendlichkeit vun Tundra un Taiga, de nich anröögte Natur, dörtrocken vun groote Flüsse, dat allns öövt eenen ganz besünneren Reiz ut. Un jüst de Minschen, de in disse „Wildnis“ leevt, sünd al een Reis wert.
Wi hebbt Yalisabetha Töws besöcht. Se leevt in een ganz eenfachet Huus, hett man jüst Strom un een Plumpsklo. Villicht driggt een Fünkchen Lengen no Huus dorto bi, dat dit kloor un düütlich mit een Hart in´ne Döör kenntekent is. Man kunn meenen, dat de Lüüd in Sibirien noch achter den Mond leevt.
As wi tohoop sitt un Yalisabetha över ehr hardet Leven in Sibirien vertellt, verswinnt se op eenmol in de Kööк. Se kümmt mit een groten Struuß Wild-

blomen in ehr Hannen torüch. Hoochnäsig as ik bün fraag ik mi, of se mi den Struuß as Andenken woll mitgeven will. Over wiet vörbi dacht – koppöver stickt se den Struuß in een Waterkeedel, gifft noch een poor Blöder un Beren dorto un no korte Tiet is de Krüdertee torech. Lecker! Jüst so as de klore Saft, den se mi ut een´ Plastikflasch in mienen Beker kippt. Ik rüük dor eerst an, probeer een beten un keek ehr mit verdreihte Ogen an. Se griente un sä: „Richtig, Wodka." Na, denn, Prost in de Runn un „Nasdrowje". Hm – dat warmt ornich dör.

As wi so wieder schnackt, speelt ehr Söhn mit een fernstührtet Auto. Dat Gäör in mi föhlt sik mit eenmol rutföddert un wi fungen mit een Wett-rennen in´ne Stuuv an. Bi dat ganze koppöver un koppünner un Ümherkieken, krigg ik een Slötelbund tosehn mit eenen modernen Zündslötel doran. Neschierig un faszineert vun den Slötel antogen, drück ik dor op. Holtergepolter warrt dat daghell in Goorn un een Wogen springt an. Vun wegen achter den Mond: wiel dat in Sibirien so sibirisch koolt warrt, kann een de Autos mit de Fernbedienung al mol in´ne Gang bringen un inböten.

Apartig Hannenwaschen

Ik heff mol för mien ole Firma en goden Kunnen in England besöcht. Sien Noom weer Sir Andrew Wakefield un de harr ok so en richtig groot Slott, as sik dat för een Sir so hören deit. Wi harrn domols ok en Vertretersch vun uns Firma in London sitten, Katja Plaschke. Se weer to de Tiet man jüst siet een Week dor, un ik wull ehr uns Kunnen vörstellen un ehr en beten wiesen, woans een mit so een ümgeiht.

Katja weer en junge Deern vun veeruntwintig Johr, smuck un af un an een beten wat paddelig. Wenn een ehr nich kennt hett, kunn een dat aver nich so gau marken.

Nu weern wi tohoop bi Sir Andrew Wakefield to en Dinner inlaadt, also, so richtig in feine Plünnen, mit Smoking un Avendkleed. Ik harr Katja den engelschen Knigge verkloort, dat een jümmers no een Fraag „please“ seggt, un wenn een pruusten mutt, heet dat „excuse me“. Un wenn een no Tante Meier will, fraagt een op keen Fall „can I go to the

Toilet?“. Nee, op de feine engelsche Oort heet dat: „excuse me, where can I wash my hands?“ op Platt also, „Tschulligung, woneem kann ik mien Hannen waschen?“

Bi Sir Andrew Wakefield weer nu allns so richtig piekfein, veer Butlers danzen üm uns rüm. Meist so as bi „Dinner for one“.

Bi´t Eten fraag Katja denn op´n mol: „Excuse me, where can I wash my hands?“. Man, wat weer ik stolt , dat se dat so goot mookt harr. Fix weer een vun de Butlers dor, trock ehrn Stohl no achtern un wies ehr mit sien Ogen, dat se mitkamen schull. Wi annern slabbern nu de twete Supp un weern so bi´t schnacken, dor mookt dat op eenmol bannig luut „rums“. Denn weer dat musenstill – de Lüüd an de Tafel keken sik an un Sir Andrew Wakefield harr een groot Frageteken in sien Gesicht. Un denn weer een luut „Aaaaahhh, to Hölp, to Hölp, to Hölp!“ to hören. Wi sünd denn mit allemann hooch gau no de Toilet hen. De Döör weer dicht, aver binnen krakeel Katja, dat dat weh dä, dat se sik nich bewegen kunn un wi schullen de Döör opbreken.

Eenmol düchtig topedden un op weer de Döör. Un dor leeg Katja nu op den Bodden vun de lütte eenmol-een-Meter-Stuuv. De Ünnerbüx in de Knee, dat Avendkleed dörch´nanner un dat Waschbecken twei.

Ik segg: „Katja, wat hest du anstellt?"
„De feinen Lüüd hebbt ja keen Klo, un för dat Waschbecken bün ik woll to swoor – vunwegen „where can I wash my hands!"

Dör de Döör dor dör!

Allns hett dormit anfungen, dat mien ehemolige Noversche Fru Plaschek mi mol wedder netterwies ehre utlesene Zeitung in Breevslitz steken wull. Disse lüttje Opmerksaamkeit ünner Novers harr se mi mol anboden un ik heff dat jümmers dankend annohmen. Ik heff nich foken Tiet in´t Blatt to kieken un dorüm mookt een Abo för mi keen Sinn. Wenn een sik man af un an över dat wat in de Welt passeert informeern will, is so een „Deal" jüst recht. So weer dat ok bi mi. Af un an krieg ik denn also eenen groten Stapel Zeitungen vun ehr. In dissen eenen Fall wull se de Exemplare noch gau för de Middagspaus inschmieten. Man blots mit een Strumpbüx an, weer se över den Gang vun Döör to Döör huscht. To disse Tiet weer Fru Plaschek slappe 80 Johr oolt.

Dat weer een heeten Sommerdag. As se nu in Strumpbüx an mien Döör stünn, full ehr Döör in´t Slott, bums. Ehr bleev nix anners över, se müss nu bi mi pingeln un mi üm Hölp fragen. Ik heff dat noch

genau för Ogen, denn ik stünn sülven blots in korte Büx in mien Stuuv un weer an reinmoken. Ik heff ehr de Döör open mookt un se hett mi vertellt, wat passeert weer. Fru Plaschek weer de heele Sook bannig unangenehm un ik heff versöcht, ehr to beruhigen un sä, „kein Problem – das bekommen wir schon wieder hin. Auch ohne teuren Schlüsseldienst!“ Ik heff denn een oole Kreditkoort mitnohmen un wull dormit ehr Döör open moken. So mookt de Lüüd in de Flimmerkist dat jo ok! Also wedder hen no ehr Döör, ik in Shorts un se in Strumpbüx. Un denn is dat passeert, wat passeern müss: schwups, dor fullt ok mien Döör in´t Slott. Keen Quatsch, dat is allns jüst so passeert.
Na dull! Ik flitz also dör dat Huus un pingel – blots in korte Büx – bi de annern Novers. Endlich hett een de Döör open mookt. He keek mi erst een beten wat sporsaam an un ik fraag em, wat he een Draht oder een Tang harr oder so. Dor sä he „Klar – ich helfe dir. Komm eerstmol rein“ un as ik dor so in´n Gang stünn, fung he an to söken. Neeschierig keek ik mi in sien Wohnung üm, un müss to mien Entsetzen fast stellen, dat veele Poster, op de fast un deelwies ok heel nackte Mannslüüd weern, an de Wannen hungen. In dissen Momang keem ik mi extrem ünnerbekleed vör un wull so gau as dat man güng wedder rut. Man ik müss jo Fru Plaschek un

mi noch ut disse Misere befreen. An´n Enn keem he mit een Rull Draht, hett se mi in de Hannen drückt un mi dormit veel Glück wünscht. Noch bevör ik güng, hett he noch anmarkt „Wiedersehen macht Freude!“ Den Draht oder mi? heff ik mi fraagt un mi denn gau ut´n Stoff mookt.

Dat hett nich lang duuert, denn kunn wi uns Dören wedder open moken. Fru Plaschek, de middewiel leider al storven is, un ik hebbt jümmers wedder geern mit een Grienen in´t Gesicht torüch keken un an dissen heeten Sommerdag un an us flottet Erschienungsbild denken müsst. Ok wenn uns dat in den Momang notürlich recht wat unangenehm weer.

Mahltiet

Nülich weer ik wedder mol to´n Middageten. Af un to bün ik in´n Oort Kantine. Dor is dat jümmers ganz fein, denn dor kann een eten, wat un soveel een mag, un betahlt an´t Enn blots 6,30 Euro för´n Oort Büffet, un dat is jümmers lecker.

Un as ik dor nu so bi´t Eten weer, heff ik dacht, ik seh nich richtig. Dat weer doch – ja... Andreas, Andreas Schmittke vun mien ole School. He weer fröher dat, wat een´n Musterschöler nöömt, hett blots „Eensen" in sien Tüügnis hatt un keem jümmers mit´n Aktenkuffer no de School as so´n Jungmanager in de 80iger Johrn. Aver he hett Platt schnackt!

Minsch, wat heff ik mi freit, em to drepen un he sik, glööv ik, ok. He is denn gau mit sien Eenpott no mien Disch kamen, keek´n beten komisch op mien Tablett, mit den Salaat, de Spaghetti un mien Dessert un mien Saft, mit een Utdruck vun: dat gifft ja ok anner Saken as Eenpott.

Denn hebbt wi eerst mol anfungen to schnacken, op

platt, is ja kloor. He hett den Indruck op mi mookt, dat he dat schafft hett, denn he hett vun sien Regenhuus, sien Fru, sien twee Döchters vertellt, un vun sien nee´es Hobby: Golf spelen.

As ik em vertellt heff, wat ik so moken do, hett he mi´n beten verwunnert ankeken, een Dag hier, den annern in´n anner Stadt un jümmers ünnerwegens, jümmers as´n Nomaden leven, ohn to weten, wat dat dor ok Eenpott gifft!

Wi hebbt denn noch´n beten över de ole Tiet schnackt un uttuuscht, wat de annern Lüüd ut de Schooltiet so moken doot.

Un denn weer sien Middagstiet ok al vörbi, un he hett den Kellner ropen. Andreas keek sik de Reken an un sä: „Och, dat is ja gor nich so veel, ik betahl dat man, dat sünd ja blots 12,60 Euro, dat laat ik woll de Firma betahlen“. He hett dat Papier in sien Büxentasch steken un geev den Kellner 15,00 Euro un hett so richtig dicknäsig seggt: „Das stimmt so“.

As de Kellner weg weer, sä he denn to mi: „Köönt wi dat Drinkgeld villicht opdelen, dat sünd blots 2,40 Euro?“

Ik heff em´n beten verbaast ankeken un denn keem ok blots een „öhhh, ja“ ut mien Mund.

Aver denn sä he: „Ach, giff mi een Euro, dat langt!“

Wat dat nich allns gifft!

Nülich heff ik mol wedder´n beten googelt! Dat hett nix mit Gruveln oder mit Görgeln to doon. Un dat is ok nich dat Eten vun een Gugelhupf.
Googeln, dat is dat Söken vun Saken in´t Internet, un dat geiht bannig eenfach. Dat gifft´n Internetsiet, de heet Google, un dor gifft dat´n Finster, wo een ingeven kann, wat een söken deit. To´n Bispeel will een wat över „Hör mol´n beten to" weten. Denn gifft he eenfach „Hör mol´n beten to" in dat Finster in un denn kaamt´n poor Sieden to dat Thema un denn kann een wat över „Hör mol´n beten to" lesen – wonnehr dat kümmt, wat dat dor för Vertellen gifft un so wieder.

Een Dag heff ik mi mol dacht, ik söök mol no´n Gesangslehrer för mien Nover, as Geschenk to sien Geburtsdag, denn he singt jümmers so krumm un scheef ünner sien Bruus – dat mookt nich blots de Finsters kaputt, nee, ok jede gode Noverschopp. Ik heff mi överleggt, wenn ik em´n poor Gesangsstünnen schenken do, denn freit he sik un singt denn villicht bald so, dat dat in mien Ohren nich mehr so weh deit! Aver´n Lehrer för dat Singen heet in´t Internet nich Gesangslehrer, de heet „Gesangs Coach“ so heff ik dat tominst bi Google lehrt. Un so heff ik mol ut Spaaß „Coach“ ingeven. Un denn keem een Coach no den annern. Ji glöövt gor nich, wat dat allns för Coaches gifft. ´n Coach för den Idiotentest, wenn een sien Lappen loos worrn is, een Coach för Spraken, een Coach för dat Abitur oder ok eenfach´n Coach för dat Leven, de heet denn Life-Coach, ´n Fittness-Coach un ach wat nich allns.

Ik heff mi denn fraagt , woans warrt een egentlich Coach?

Gifft dat denn´n Coach-School oder gifft dat eenfach een Coach-Coach oder heet de denn Coach-Lehrer? För em gifft dat denn seker ok´n Coach-Lehrer-Utbiller, un de Coach-Lehrer-Utbiller hett denn´n Coach-Lehrer-Utbiller-Mester, un för den Coach-Lehrer-Utbiller-Mester gifft dat seker all poor Johr´n Lehrgang, also een Coach-Lehrer-Utbiller-Lehrgang, wo denn´n Coach-Lehrer-Utbiller-Lehrgangs-Leiter för een Week Vördrääg höllt. Aver Coach-Lehrer is doch egentlich´n Coach-Coach un´n Coach-Coach-Utbiller is denn´n Coach-Coach-Coach – so´n dumm Tüüch!

Ach ja, ik söök ja no´n Gesangslehrer! Denn klappt dat ok mit den Nover!

Gau Gau Gau!

In de USA is veel anners as bi uns. Bi een vun miene eersten Reisen dorhen sünd mi banig veel „drive ins“ opfullen. Een Drive-in gifft een den Service, Saken to erledigen, ohn dat du dorbi dien Auto verloten muss. Dat gifft de ünnerscheedlichsten Variatschoonen vun Drive-ins: een Drive-in Restaurant to´n Eten holen, eenn Autoschalter bi de Bank to´n Geld afheven, eene Drive-in Aftheek, üm Medikamente to besorgen oder ganze Drive-in Bomärkte – allns jümmers vull eenfach un Hauptsook bequem.

In de amerikaanschen Lüttstädte sünd de Lüüd sogor so bequem, de mookt nich mol de Autos ut, wenn se denn doch mol in eenen Loden gaht. Dormit in´n Winter dat Auto nich utköölt. Man de amerikaansche Erfinnerriekdom in Deensten vun de amerikaansche Bequemlichkeit hett ok positive Neveneffekte, de Influss op de hele Welt nehmt. Een godet Bispill dorvör sünd Hotelzimmer mit Baadstuven. De hört in de mehrste Weltgegend middewiel to´n Hotel-Standard. Man lang is de Gang in dat Etagenbaad jüst so normol ween, as de Toilett op den Gang. Eerst 1829 hett dat „Trement House“ in Boston open mookt, dat as eerstet Hotel op de Welt Zimmer mit Baad un WC anboden hett. Man disse Informatschoon blots so an´n Rand.

De ganzen Drive-ins wirkt op mi extrem lässig, ofschoonst ik se ok jichtenswo verdüvelt finn. Op de een Siet hebbt de Amerikaaner disse „take it easy“ Mentalität, op de annere Siet mutt allns jümmers gau gau ween.

Ne´e Erfinnungen warrt ok in eens weg op de Plattform vun den sachten Sport, vun de Fitness oder vun de Esoterik mookt. Barbara Becker wiest de Huusfruuns an, wo se perfekt dör Pilates nich blots entspannen, ne ok een Top-Figur bekaamt. Un Madonnas Fitnessgeheemnis is angeevlich dat Drinken vun hillig un sündhaft düüret Kaballa-Water, dat se kistenwies inflegen lett – egol wo se sik jüst rümdrifft. Un de dullste Erfinnung is för mi dat Power Yoga – keen entspannt an´n gausten? Power Yoga is jo al een Wedderschnack an sik, sowat kannst sünst nich finnen. Dat klingt jüst so unsinnig as fettarm Schokolaad oder alkoholfree Trollinger. Wo kann een op de Söök no de innere Roh un no dat Gliekgewicht de Verbinnung to den Aspekt „Power“ opboon? Bestimmt gifft dat een

Barg Schlaumeier, de mi dat mol verklookfiedeln wüllt. Man dat will ik nich! Ik bliev eenfach dorbi, dat een Power un Yoga eenfach nich mit eenmol Luftsnappen nöömen kann. Dat weer jo noch schöner. Denn geev dat bold seker ok „Blassbräunen oder Fettniss-Studios". Un de ganz scharpe Version is denn dat Mc Yoga Drive-in. Mol even gau entspannen. Dor bruukt een nich mol ut dat Auto uttostiegen. In de Roh liggt de Kraft. Een perfekte Fusion un as för de Amerikaaner mookt. Ik warr all glieks mol een Konzept utarbeiden!

Dor wo de Sünn opgeiht

Een vun mien veelen Reisen hett mi in dat Land, wo de Sünn opgeiht, föhrt. Neven de Spraak hebbt mi dor de Sitten un Gewohnheiten beindruckt. Mi weer al vörher veel över de velen Rituale vertellt worrn, man wenn een dat denn an´t eegen Liev in de Künn krigg, denn is dat jüst so opregent. Besünners sünd mi de Restaurantbesöken in Erinnerung bleven, de een jümmersto ünnernohmen hett. De Chinesen leggt groten Weert op frischet un godet Eten un se gaht geern in een Restaurant.

Al op denn Flug no Bejing hen heff ik quasi to´n Akklimatiseeren een Chinesen blangen mi sitten hatt. Jüst as de Fleger in de Luft weer, kreeg he sien Pantüffeln rut un trock se an. Dütt eerste Ritual hett mi op de heele Reis verfolgt. To´n Eten geev dat in den Fleger chinessche Köök, man ok een europäschet Gericht. Man jichtenswo harr ik noch keen Jieper op Ries mit Maifisch, Aal, Garnelen un Seetang, man ik kunn all de chinesschen Essgewohnheiten an mien Nover studeern.

Jüst as ik in Bejing ankeem, hett sik mien Instellung abrupt ännert. Prompt an´n eersten Obend bün ik in een typisch chinesschet Restaurant utföhrt worrn. Al bi dat Betreden vun dat Restaurant keem mi mien Flugnover wedder in den Sinn, denn ik müss an´n Ingang mien Schoh uttrecken. Pampuschen för de Gäst stünnen al praat. In de Mitt vun dat Restaurant weer een groten Pool un ik dach al, mit de Puschen un dat Schwimmbad müss ik woll in een Oort Wellness-Tempel ween. Doch as sik rutstellt hett, schwimmt dor in´t Water quasi de Spieskaart rüm. Een kunn sik sogor persönlich den Fisch utsöken, de later op den heten Steen för een torech mookt un serveert worr. Frischer geiht dat meist nich! Doch mutt een bi de Eten-Zeremonie in een Restaurant ´n ganzen Barg bedinken.
To´n Bispill schull een nie nich den Fehler moken un de Sticken in´n Ries steken laten! Denn dit Detail is een Deel vun een Beerdigungszeremonie un dorüm ünner normole Ümstännen överhaupt nich anbröcht. Ok gifft een in China keen Drinkgeld. De mehrsten Restaurants un Bars wiest een Service-Toslag op de Reknung ut, de as Drinkgeld ansehn warrn kann. De Mitarbeider reageert jüstto entsett, wenn een ehr Drinkgeld geven will, denn se seht dat as ehr Opgoov an, den Gast to dehnen.
Staunt heff ik ok nich slecht, as ik mol no de Toilett

hen müss. Disse Besöök is för Europäer wat Besünneret. Dat fung wedder mit eenen Schohtuusch an. Een ersett de Restaurant-Pampuschen gegen Klo-Pampuschen. Wieldes sik de Toilett op den eersten Blick nich vun een´ herkömmliche Sitt-Toilett westliche Oort ünnerscheedt, hett se doch eene Veeltahl vun technische Funkschoonen (bit to 38!): Warmluftgebläs, Massagefunkschoon, instellbore Waterstrahlen, automaatsch Deckelopenmoker usw., de entweder in de Toilett oder in de Klobrill inboot sünd. Dat Ganze bedeent een mit een separate Stüüerung, de an de Siet vun de Toilett oder an de Wand fast mookt is un foken över Funk mit dat Klo kommunizeert. Bi manche Klos is de Klobrill inbött, dormit een ok nich to koolt sitten deiht. De Temperatur kann een över eenen Digitalanwieser exakt instellen. Een kann sik ok in all mögliche Variatschoonen mit Water besprütten laten. Dorvun heff ik man lever Afstann nohmen.

Den Knoop mit dat Notenteken heff ik in´n Gegensatz to dat Waterbesprütten super funnen. Wenn een dorup drückt, kümmt een luden Sound vun 30 Sekunnen, de as een Klospölung klingen schall. Ik heff in de Twüschentiet rutfunnen, woto de dor is. Chinesen sünd ehr Pupsgeräusche pienlich, so dat se – üm disse to övertünchen – in eens weg de Spölung drückt. Üm dorför nich so veel Water to verbruken, hebbt se disse Spööl-sounds in de Klos inboot. Dat gifft jo ook 1,3 Mrd. Minschen in China.

Ik heff faststellt, dat de Chinesen ogenschienlich mit een Oort Gen för technisch Innovatschoonen op de Welt kaamt, man op de annere Siet ehr ole Traditschoonen bannig intensiv un leevvull pleegt. Wiel se dat allns goot ünner eenen Hoot kriegt, treck ik dissen vör ehr.

Wat för een Gedööns

Kennt Ji eegentli Akkupanik? Dat hett nix mit chinessche Heilkunst to doon un ok nich mit Akkupunktur oder Akkupressur. Dat is de Angst, de anstiegen deit, wenn de Akkuladung vun een Gerät affallen deit. Denn geiht dat glieks los, wo kann ik mien Ackerschnacker, also mien Handy, mien Laptop oder mien MP3 Player opladen.

Jümmers blots Arger mit düsse Geräte, ik nööm se ja jümmers Gedööns. Ik weet, is ja jüst modern över düsse nee Technik to schimpen – worüm schall ik dat nich ok moken ?

To´n Bispill düsse Plastik Computer mit den Appel, Mac Book oder so – ik heff ja toeerst dacht, dat is een Book vun düsse Hamburger Keed, ne dat is een Klappcomputer. Oder düsse nee Ackerschnacker mit den anknabberten Appel – ji glöövt ja gor nich wat de Lüüd dor een Trara vun mookt. In de USA gifft dat Lüüd, de stellt sik in de Nacht üm Klock dree vör een Appel Laden un töövt de ganze Nacht inne Slang, üm so een Appel Gedööns to kopen. Ik kenn

dat noch vun Äthiopien, man dor hebbt de Lüüd för Brot oder Mehl anstohn oder in de DDR fröher – dor hebbt se tominst op echte Appels töövt.
Denn piepst un bimmelt dat överall un wenn nich, denn warrt wi tominst grillt – dör den Elektrosmog vun de Ackerschnacker. Apropos Elektrosmog, hebbt ji mol sehen woveel W-Lan Netten, also düsse Computernetwark ohn Draht, dat bi eenige Hooghüser gifft? Teihn is noch ünnerdreven – een warrt also ok hier grillt ohn dat´n dat würkli mitkriggt. Man ob de annern Siet wüllt wi ja dat dat Auto mit uns Ackerschnacker kommunizeert, de Ackerschnacker schall denn mit de Computer schnacken un de Computer mit dat Kiekschapp un de Köhlschapp un de Waschmaschien – Gedööns schnackt denn mit Gedööns. Dat schall je egentli uns Leven komood moken, man wat hebbt wi egentli dorvun wenn uns Brägen al mit föfftig Johr üm een Drüttel rünnergrillt is, oder ?
Also mien Vörslag is: all paar Weken een Gedööns-Diät to moken. MP3-Speler, Laptop un Ackerschnacker för söven Daag utknipsen. – Noch Fragen? Infos op www.knips-dien-gedööns-ut.de

Luftslangen

Ik heff nülichs mit mien Öllern een Spazeergang mookt un jüst bi´t los gohn hebbt wi veer Fleger an Heven to sehn kregen. Ik heff gau mien Ackerschnacker mit den anfreten Appel ruthoolt un mien Öllern mien neeste App wiest. De App also dat lütte Programm op mien Ackerschnacker is heel plietsch. Dormit kann ik op een Fleeger wiesen un denn seggt mi de Apparat wat dat för een Fleger is, welke Linie, wo groot, vun wo de kümmt un wo hen de flüggt, woveel Lüüd an Bord sünd un welke Stewardess jüst bedeent – nee, dat letzte weer een Scherz, man den Rest stimmt.
Mien Öllern hebbt den Mund gor nich wedder dicht kregen. Denn hebbt se vun de olen Tieden vertellt as se noch Kinner weern, dat weer so in den föfftiger Johrn. Dormols in Oromia in Äthiopien. Dor hebbt se ok nich to knapp staunt, as se in Heven keken hebbt. Dor weer ok een Fleger mit een Kondensstriepen to sehn. Man se köönt sik dat Phänomen so gor nich verkloren, denn se hebbt gor

nix, also rein gor nix von Fleger un ehre Existenz mitkregen. De eenzige Möglichkeit sik dat to verkloren weer to glöven, dat dat Slangen weern, de Gott schickt hett. Slangen mit Tungen ut lesen de Gott den Opdrag geven hett an Heven to krabbeln.

Dor heff ik man nich slecht staunt över düsse Vertellen. Wenn ik mi denn överleg, wo Kinners an glöövt, wiel se sik ok een paar Saken nich verkloren köönt – is dat denn doch heel normol. Middewiel hebbt de Kinner lehrt, dat de Köh doch nich llia sünd, man liekers hebbt se lustige Ideen, sik de Saken to verkloren, de se nich verstaht. Kinner denkt even doch anners as wi Öllern.

Wenn een to´n Bispill fraagt worüm dat Bööm gifft, denn kann de Antwort vun een Kind so ween: „Dormit ik Schadden heff" man een Erwachsene harr villicht seggt: „Wiel de Bööm Stickstoff in Sauerstoff ümwannelt un Minschen un Deerten dat to´n Aten bruukt". Minschen de an Gott glöövt un fromm sünd seggt villicht: „Wiel Gott will, dat wi Bööm hebbt." Man veele Erwachsene harrn mit Sekerheit bannig lang överleggt un denn so antert: „Op düsse Fraag heff ik keen Antwort. Ik weet ja nich eenmol worüm dat Minschen gifft un worüm dat mi gifft." Un denn harrn se noch lang över düsse Fraag wieder nodacht. Dor gifft dat ja Philosophen, de hebbt ehr ganzet Leven över düsse Fraag

nodacht un denn doch keen Antwort funnen. So is dat even, wenn een dat mit Erwachsene to doon hett, kann een bi eenfache Fragen nich jümmers dormit reken, ok een eenfache Antwort to kriegen.
Ik kann mi noch goot besinnen, as mi een lütten Keerl vertellt hett, dat he in Zoo weer un de Zoo weer bannig dull! He hett dor Deerten to sehn kregen, de gifft dat in echt gor nich. Ik schall mi villicht no düsse Erfohrung een App rünnerladen, dat ik denn ok Kinner verkloren kann wat de Ünnerscheed twüschen Realität un Fiktion is.

Hebbt ji dat wusst?

„Good Day“, seggt een Keerl in Uniform to mi. Hä, wat heet dat denn ? Ik heff jümmers dacht een seggt: „How are you“ oder eenfach „Hi“. So hett mi de Zollbeamte in Darwin in den Norden vun Australien anschnackt. In Australien is nich allns so as wi uns dat vörstellen doot. Wi hebbt dor so een paar Vörordele wat den föfften Kontinent angeiht. Ik bün jüst in Australien, tofälli. Ik heff mi dacht, ik will mol mit dree Vörordele över Australien oprümen un jo mol een beten opklären.

Dat eerste is: Wi denkt ja, dat de Austsralier vun sik ut dörch un dörch un deep entspannt is. Is he aver nich. Tominst nich bi´t Rinkomen in sien Land. An de Grenz mutt ik allns wat ik to´n Eten dorbi heff afgeven, würkli allns ok de Kekse un Müsli un ok Schokoriegel, de ik in de verscheden Fleger op den Weg hier hen to´n Knabbern kregen heff. Üm ok de letzten Krömel to finnen jaagt se denn af un an ok Hunnen los. Dor kann een ok´n beten bang bi warrn, denn dat kann ja angohn, dat een villicht den een oder annern Snack noch översehn hett un dorför in den Knast oder tominst in den nächsten Fleger no Huus mutt. Also dor versteiht de Australier keen Spass un he is ok allns annere as entspannt.

Vörordeel Nummer twee: Wi denkt ja jümmers, dat de Australier knallharte Keerls sünd. Sünd se man nich. Ik heff hier een paar Familien drapen, de hebbt een Swimming Pool in Gorden. Dat deit ok Not bi düsse Hitten, heff ik tominst dacht. To düsse Tiet hebbt se hier 30 bit 35 Grad, dat is för de Lüüd hier de Winter, dat geiht also noch hitter, so bit to 48 Grad. Dat heet, de normole Australier un middewiel ok uns Norddüütschen Australier jumpt nich bi 35 Grad Butentemperatur in dat Water wat 27 Grad hett. Nee, dat is jem to koolt. Würkli – to koolt. Dat Water schall 35 Grad hebben – also Piwarm schall dat ween. Vun wegen harte Keerls, Warmduscher sünd dat.

Vörordeel Nummer dree: Ohn Engelsch geiht hier gor nix. Dat is ok blots so een Schnack. Denn dat erste Wort wat ik hier bi mien Ankomen an´n Flughaven hört heff weer ja „Good Day“. Un dat is ganz kloor Freesisch, un dat warrt to´n Bispill op

Amrum oder Föhr seggt un heet soveel as goden Dag – also bitte. Un hier in den Norden vun Australien gifft dat Norddüütsche satt un de schnackt Platt. För wat bruuk ik hier egentli Engelsch?
Also ik segg mol: Good Day!

De Doot hett nich blots een Gesicht

Wokeen seggt egentli dat de Doot jümmers trurig ween schall? Mi is al kloor, dat dat tragisch is wenn wi een ut uns Familie oder een Fründ verleert. Een Minschen to verleren, de wi leev hatt hebbt hört ja ok to den schlimmsten Saken, de in uns Leven passeern köönt. In uns Kulturkreis hier in Norddüütschland hölpt een poor Rituale dorbi de Pien uttoholen un dor över weg to komen. Meist twee drüttel wohrt to´n Bispill jichtenswat vun den Doden op. De meisten hoolt sik ok doran över den Doden nich schlecht to schnacken. Ik finn dat ok schöön un heel wichtig, sik vun düsse Person richtig to verafscheden. Ik mag dat ok geern wenn een op een Truerfier ok dull fiert un lacht un denn ok mol wedder weent. Dat warrt ok den Minschen, de doot bleven is, frein. Op´n Land mookt de Lüüd dat ja all so, een poor Kööm, Kaffee, Bodderkoken un denn noch mit den Paster över een poor Döntjes över den Doden lachen.

Mien Fründ Marc hett mi vun de Truerfier för sien

Unkel in England vertellt. Dor kannst den Doden wenn Du magst to Huus opbewohren un denn in de gode Stuuf opbahren. Denn kümmt de Truergemeinde no dat Huus vun den Doden hen oder dor wo he opbohrt is un mookt sik denn vun dor op den Weg no den Karkhof hen. Een leggt denn de Blomen vör dat Huus hen un de Lüüd vun dat Begräffnisünnernehmen schmückt denn den Liekenwagen mit düsse Blomen un de Kränzen, de dor rümliggt. Denn warrt de Dode mit den Liekenwagen, de meisttiets ut Glass is dör de Gemeend fohrt – süht denn een beten wat no Schneewittchen in ehrn Glassarg ut. Bi Marc sien Unkel hebbt se dat nich so mookt, sien Wohnstuuv un de Deel dorhen weern eenfach to lütt un to eng. Dat worrn sünst toveel Strapazen un dorvun hett de Unkel un de Rest vun de Familie Afstand nohmen.

De Engländer mookt ok bi´n Doot keen Utnahm wenn´t üm Humor geiht. Denn so fallt ok de Doot un allns ümto lichter. De hebbt een Ünnernehmen in England, de mookt Werbung mit een lustigen Schnack: „Betohl nu un starv later!" Dat Ünnernehmen mookt Crazy Coffins, sotoseggen verrückte Sargen mit een Form vun een Gitarre, Skateboard oder, un dat gifft dat würkli, mit een Form vun een Müllcontainer. Düsse engelsche Firma hett ok versöcht in Düütschland op den Markt to komen, man de Düütschen köönt mit den engelschen Humor nich so veel anfangen. De Düütschen bringt de Doden denn doch lever traditionell ünner de Eer. Un denn gifft dat hier ok annere Gesetze as in England. Hier dröfft wi de Doden nich ewig lang opbewohren bit de ünner de Eer koomt. In England is dat dorgegen keen Problem: Wenn een dat will, kann he een Doden ok in sien Regol opbewohren. Een Fru ut England hett ehr Mudder in ehr Deepköhlschapp leggt – bit se denn sülfst doot is, denn köönt se tosomen ünner de Eer bröcht warrn.

Mien Kumpel Marc hett sien Unkel David in een Urne as Handgepäck mit in den Fleger no Düütschland nohmen. Jüst so as de dat afschnackt hebbt. Bit to dat Bisetten in de Familiengruft hett David bi Timo un sien Famile „wohnt" un jedeen Morgen hebbt se em denn mit een fründlich „good morning uncle David" anschnackt. Toerst weer dat för de Famile al komisch un unheemlich, man denn hebbt se sik an de „Wohngemeinschaft" mit Uncle David gewöhnt.

In de traditionelle Religion vun uns Oromo, de Waaqeffannaa, warrt an een Leven no den Doot glöövt. Dat heet, dat de Minsch no den Doot as Ekera also as een Geist wiederleeft un sik in sien

Familienümfeld ophöllt. Also ik bün seker, dat een ok mit den Doot oder der Tiet dorno positiv un fröhlich ümgohn kann. Op jeden Fall is noch keeneen dor ween un hett dat Gegendeel vertellt.

Op den Weg no dat Gotteshuus

Eenmol in´t Johr bün ik tominst in de Kark un dat is Wienachten. Ik bün ok mol so twüschendörch dor, man denn bün ik meist alleen, wiel ik de Stille un de Roh so geern mag. Un denn koomt noch de Hochtieden un Kinddöpen dorto. Meist hett een dat Geföhl, dat dat Prozedere inspeelt un to routineert is, un denn tööft een blots noch op de Fier achteran. Nülichs weer ik siet Johrn mol wedder to een Kommunion inlaadt. Se hett in´t Münsterland stattfunnen. De Deerns un de Keerls hebbt sik aver in de Plünnen schmeten. De Keerls in Antog un de Deerns in witte Siedenkleder un hoogsteckte Haar. Un dat allns mit 9 Johr. Wat wüllt de denn bi ehr Hochtiet antrecken? De Prester hett op jeden Fall veel Humor wiest un hett würkli een lustigen Gottesdeenst mookt. Un bi de Katholiken passeert denn ok mol wat in de Kark: opstohn, hinsetten, hinkneen, eten un drinken .

Mien Kumpel Michael is nülichs Patenunkel worrn – ok in een katholsche Kark. Dat weer de eerste

Gottesdeenst för den Prester un he weer so opreegt, dat he in dat Döpbecken nich dat Water rinkippt harr sünnern den goden Rootwien – un dormit weer denn ok dat Ies twüschen em un de Gemeinde broken.
Krischan, een annern Fründ, weer ok op een Döp inlaadt. De eerste Söhn vun sien Süster schull fierlich in de Gemeinde opnohmen warrn un he weer ok as Patenunkel vörsehn. Blots leider hett de Döp in´n Hamborger Michel stattfunnen. Dat is eegenlti een besünners smucken Ort un een heel besünner Kark, man an düssen Döpsünndag weer ok Hamborg-Marathon un düsse Kombination is, segg ik mol, nich so dull.
Krischan hett ok noch een lütte Familie un dat mookt an so een Daag dat Leven nich eenfacher. No een komodig Fröhstück hett he sik denn mit sien Familie op den Weg no den Michel mookt. Also he mit sien twee Döchdern in sien Auto un sien Fru mit dat annere Auto un den lütten Söhn, de jüst mol veer Mond olt is. Dat mookt de af un to so, denn kann sien Fru, för den Fall dat de Lütte denn mol Arger mookt mit em alleen no Huus fohrn. Nu is dat passeert, wat denn an so een Marathon-Sünndag jümmers passeert. Een landt op eenmol ohn Vörohnung in een Afsperrung, un wiel achter di ok noch een paar Autos sünd mutts Du denn ok noch

een groote Portion Geduld mitbringen, vör Du dien Auto wenden kannst.
Also Krischan is to sien Glück man een goden Schnacker un hett den Hölpsherriff so lang toschnackt dat he em dörwunken hett – ik glööv he weer eenfach froh, dat Krischan eenfach wieder fohrt is. Man sien Fru weer dree Autos achter em, se hett dat blots kort versöcht un is denn an den Keerl in Uniform hangen bleven. Also gau dat Auto parken, den Lütten in den Kinnerwagen packen un denn fix no de nächste U-Bohn hen un dat allns mit Stöckelschoh. As se denn mit de U-Bohn an de letzte Station ankomen is mutt se noch den Kinnerwagen mit den Lütten de Treppe no baben drägen un denn noch gau no de Kark hen. Se hett dat noch rechtiedig schafft, weer aver denn doch´n beten wat natt schweet. Un argert hett se sik ok as se ehrn Krischan dor so komood mit een Grienen in´t Gesicht sitten sehg. Tja wenn een goot schnacken kann kümmt een ok gauer no Gott hen.
Wi hebbt tominst bi de Münsterlänner Kommunion bannig veel Spass hatt. Un as de Prester denn bi uns vörbi keem hett he ok een lustigen Indruck op mi mookt. He hett jedeen Kind persönlich besöcht un in jedeen Huus ok een Lütten nohmen. He hett mi so een beten an den

Diener James vun „Dinner for one" erinnert. Man wat schall he denn sünst ok doon, he kann ja keen Familie utlaten – dat weer nich gerecht un ok nich in´n Sinn vun Gott, oder? Also noch een Lütten för den Prester. Prost!

De Wattolympiade

Ik heff mol een Gast bi mi in de Sendung hatt, de is ut Brunsbüttel un is sotoseggen de Baas vun de Wattolympiade in Brunsbüttel. As ik toeerst vun em hört heff, heff ik mi fraagt wat is dat denn – Wattolympiade – klingt no een Ulk un Quatsch. Aver dat ganze hett een ernsthaften Achtergrund. 500 Wattlethen dreept sik Johr üm Johr un wattifern gegen een anner in düsse norddüütsche schwatte Pampe – wat den Sport nu nich eenfacher mookt man dorför mehr Spass – allns in Watt packt. Dor gifft dat denn Sportarten as Wattfootball, Wattvolleyball – de norddüütsche Variante vun Beachvolleyball, Watthandball un to´n Enn gifft dat denn Tampentrecken. De hebbt sogor „Aal-Staffelloop" in´t Programm. De hebbt blots nich een echten Aal. Een övergifft denn sien Mannschaftskolleeg een mit Ries füllte Fohrradschlauch mit eenen lütten Vibrator binnen – as Kopp, dormit sik de künstliche Fisch tominst´n beten lebennig anföhlt. För mi klingt dat allns totol gaga un dorüm

dörch un dörch seriös. Un denn is dat ganze ok noch för een goden Zweck. Spass un Engagement gaht goot tosomen. Also dor will ik ok mol mitmoken.
De Nordddüütschen sünd aver nich de eenzigen de so een quatsch mookt. In Stilton in England rullt de to´n Bispill Blauschimmelkääs dör dat Dörp. Düt bekloppte Event lockt jedeen Johr dusende Briten an dat eerste Wekenend in Mai an. De staht denn an den Rand vun de Stroten un füert de Teams, de ut veer Lüüd bestaht luuthals an wenn de den Stilton-Kääs dör de Stroten rullt. To gewinnen gifft dat denn an´t Enn, is kloor – Kääs. Un de Mannslüüd´kriegt avers ok noch Beer dorto un den Fruunslüüd n paar Buddel Wien.
De bekannte Veranstaltung ut Spanien, beter seggt in Bunol mit den söten Nomen „Tomatina“ kennt wi ja all oder hebbt dor tominst wat vun hört, wo se een Tomatenschlacht mookt un de Stadt in een rode Ketchup-City verwannelt. Man in Wales, in dat Dörp Llanwrytd Wells, hebbt se wat, dat to uns norddüütsche Oort passt: „World Bog Snorkelling Chamionship“. Dat is de Weltmeistershop in´t Snorkeln in een Sump – dor schüllt denn de Lüüd den Överblick in´n Schlamm beholen. Dat is een Sportart wo een denn ok de Taktik goot in den Alldag överdregen kann.
Denn gifft dat ja ok noch so Saken as Ehefruwettdrägen oder Extrembögeln.

Dat sünd egentli allns Saken, de de Welt nich bruukt un liekers mookt dat de Minschen glücklich un wenn denn noch dat ganze för een goden Zweck is un dorbi een paar Euros tosomen koomt dennso is dor gegen nix to seggen.
Ach so, ik heff jüst leest, dat ik noch een watt-psychologischen Noom bruuk, üm de Konkurenz intoschüchtern.
Wo is dat mit: Dr. Omo Schlammlavine?

Kaffee Togo

Ik finn ja so een paar moderne Sacken nich verkehrt. Dat gifft ok een paar, de finn ik richtig goot. Sowat as de neesten Handys, oder de neesten Computer un Computerspelen. Ik finn ok nee Autos oder Kiekschapps mit nee Technik goot. Aver denn gifft dat so een paar Sacken, de kann ik nu würklich nich utstohn. Dat sünd so een paar moderne Schnacks as „No Go“, dat is engelsch un heet egentli dat geiht afsolut nich. Oder „Must have“, dat heet mutt een hebben. Oder statt „ach so“ to seggen seggt de Lüüd „OK“ in ünnerschedlichste Betonungen. So Saken hört wi meist in de Castingshows – fröher hebbt se dorto noch Talentschow seggt.

Aver wat ik also afsolut nich utstohn kann is dat bestellen vun een Kaffee in een modernet Cafe. Dat is för mi so een „No go“ as de Modernen Lüüd so seggt.

Ik weer nülichs wedder mol in so een Cafe, wiel de normolen wedder dicht weern.

Ik koom dor also an de Reeg will denn bestellen,

man dat geiht nich so eenfach. To eerst fraagt mi de Verköpersch achtern Tresen, woans ik heten do. Ik dach, wat geiht ehr dat denn an. Man se besteiht dor op, dat ik ehr mien Noom segg. Also goot, ik segg denn eenfach Wolfgang, will ja nich glieks mien Noom angeven. Denn seggt se: „un wat wullt ´t hebben ?“ Ik segg: „Een Kaffee, bitte!“ Un denn keem vun ehr: „Lütt, mittel oder groot“? Ik segg: „mittel“. Denn will se weten wat ik mien Kaffee mit Melk un Zucker mag oder ohn. Un wenn mit Melk denn mit Soya Melk oder Melk ohn Laktose, mit Melk ohn Fett oder halven Fett, oder villicht doch de normole Melk. Un wenn mit Zucker denn mit den witten oder denn doch mit den brunen – un wenn Zucker denn den fienen oder den groven oder den ganz groven?

Ik segg denn to de Verköpersch: „Hör mol to mien Deern, kiek mi mol an, woans will ik woll mien Kaffee?“

„Schwatt villicht?“seggt se denn mit een grootet Fraagteken in ehr Gesicht. Ik segg: „Ohn Haar un ganz normol ohn Gedööns!“. Denn fraagt se noch: „Togo?“ Ik segg: „Nee, ik bün nich ut Togo, ik bün ut Äthiopien, man nu bün ik al siet 17 Johr Düütsch – krieg ik liekers mien Kaffee?“

Ik fohr so geern Rad

Sylvester is al lang vörbi un de Frühling kloppt al luut an de Döör. Un liekers heff ik all dat nich vergeten, wat ik mi för dat Johr vörnohmen heff. Ganz vörn op de List steiht Sport. Also will ik mien Swienhund överwinnen un fang ganz sutje dormit an. Dat eenfachste is, ik laat dat Auto to Huus un fohr denn fokener mit mien Rad.

Radfahren bringt een ja nich blots no een Teel hen, nee, dat bringt ok de Gesundheit vöran: een halve Stünn Bewegung den Dag hölpt al, dat Du keen Hartkrankheiten kriggst, keen Diabetes kriggst un denn stiggt ok noch dien Kalorienverbruuk an. Un denn is ja Hamborg ok noch Ümwelthauptstadt vun Europa. Dor will ik natürlich ok noch mien Deel to bidrägen. Dat Rad schall sik dreihn un ik dreih denn an't Rad – denn man to!

Bi den Gang no den Keller hen mutt ik denn mit Schrecken faststellen, dat nich blots bi mi wat vun mien Attraktivität verschütt gohn is, nee, ok bi mien Rad weer dat so. Överall is Rost, Licht un Bremsen funktioneert nich mehr richtig. Luft in de Reifen? Nix dor. Man bevör ik nu versöök den olen Drahtesel op Draff to bringen heff ik mi dacht, dat ik mi beter bi´n Fohrradhöcker no een nee Fohrrad ümkiek.

Un wat seh ik dor? In de letzten 5 Johr hett sik op den Fohrradmarkt bannig wat daan. To´n Licht moken hebbt wi dormols noch jümmers extra dull in de Pedalen pett. Un denn weer nix anners mehr to hörn as dat zisseln vun den Dynamo – un richtig hell weer ok wat anners. Hüüt gifft dat een Narbendynamo un dorvun markst Du gornix un heller is dat ok noch. Ik heff mi över düssen Vörsprung dör Technik richtig freit wenn ik dat mol technisch utdrücken dröff: Den olen Sietenlopdynamo weer jümmers wetterafhängig un bi Regen hett dat den Fohrer jümmers bi den Fohrbedriev behinnert un een tosettlichen Kraftopwand hett dat ok köst – dat is nu to´n Glück Geschichte – ik bruuk ja ok keen Fohrrad, dat mi quälen deit sünnern een, dat mi vun A no B bringt.

Un wenn een hüütodags no een Fohrrad söcht kümmt een, ok wenn een sik wehrt nich an dat Elektromotorfohrrad vörbi. Un dat bütt ja een Option – dor kannst denn ok bi Wind losfohrn – dor gifft dat denn ok keen Utreed – un de Frisur-Utreed treckt bi mi sowieso nich. Tja de Fitnessaspekt fallt denn ja ünner den Disch, man een kümmt liekers gauer dör de Stadt un finnt denn ok gauer een Parkplatz. Also een Testfohrt kann ja nich schaden dach ik un swing mi op so een E-Rad – so´n beten föhl ik mi as Jan Ulrich to sien besten Tieden. Ik fohr ohn een Anstrengung över de Stroten blots mit een heel lieset Surren. Un dat dulle is, dor kannst denn genauso as bi dat Doping de Dosis instellen – also blots een beten Elektro wenn ik´n beten mööd bün oder´n beten wat mehr wenn ik nix mehr in de Knööf heff. Man dor kenn ik mi denn ok goot, ik glööv, ik worr denn doch fokener de tweete Möglichkeit nutzen. Aver denn mutt ik dat Fohrrad ja ok jedeen Avend opladen so as mien Handy un mien Laptop un un un – dat verlangt mi denn doch een beten veel Disziplin af. Also ik heff denn hen un her överleggt – so een E-Drahtesel is afsolut perfekt aver ik bün dat nich – dorüm kümmt een gemeinsame Tokunft för uns nich in Fraag. Ik schall mi eenfach een ganz normolet Fohrrad kopen so mit richtig in de Pedalen pedden un achteran richtig schweten un ut de Puuste ween. Denn weet ik, wat ik doon heff un heff för den tokomen Sylvester een Problem weniger.

Een Bodedag , wat schall dat denn?

Hüüt heff ik mi free nohmen, denn hüüt is mien Bodedag. Ja, hüüt goh ik in't Swimmbad. Un – is gediegen – jüst in düssen Momang mutt ik an de Minschen an´t Horn vun Afrika dinken, de sik seker gor nich mehr dor op besinnen köönt, wonem se toletzt een Bad nohmen hebbt.

Ik heff eerst mit teihn Johr swimmen lehrt. Dat weer in mien eerste Sommerferien, as ik jüst ut Äthiopien komen bün, denn dor hebbt wi keen Swimm-ünnerricht hatt. Un liekers bün ik dat beste Bispill för een Woterrott. Mi kannst du morgens Klock negen in ´t Woter smieten un denn avends Klock 9 wedder rutholen. In de Wellen jumpen, dat is wat för mi. Ik swimm för mien Leven geern un speel ok geern in dat kölige Natt. De Nomiddaag heff ik as Kind an Buur Struss sien Baggersee in Falkenborg tobröcht. Af un to ok al mol een Vörmiddag, anstatts to de School to gohn. Ik mag ok geern eenfach in dat piewarme Woter liggen un entspannen. Eenfach rinleggen un hangen loten. Herrlich!

Ja, Woter hebbt wi satt hier in Norden, af un to sogor to veel. Ik heff dat ja al vertellt, dat ik egentli bi de Wattolympiade in Brunsbüttel mitmoken wull, man dat hebbt se afseggt, is sotoseggen in´t Woter fullen. Oder beter, se hebbt dat afblosen musst wegen Storm un Regen. Man wat harr ik mi al freit op de Mischung ut Watt, Woter un Sportarten as Schlickschlittenrennen, Wattfootball un Watthandball. Man dor weer nix bi to moken. To veel Regen. Un jüst op den töövt de Minschen an´t Horn vun Afrika nu al siet Moonden. De köönt nich blots nich boden, nee, de hebbt nich mol wat to drinken. So een Bodedag, as ik em mi hüüt günnen do, de is also de schiere Luxus, un wenn wi so een Dag hebbt – uns so een Dag leisten köönt, denn loot uns dor dankbor för sien un den Dag vun Harten geneten.

Dormols

Nülichs weer ik op een 80er Party inlaad, un ik heff mi nich blots mit mien Gedanken in mien Plünnen ut düsse Tiet verloren, nee, ik hung ok so een beten de goden olen Tieden achterno. Un denn bün ik dor to komen, dat dormols doch allns beter weer. De Grund dorför liggt eegentli op de Hand: Allns weer dormols schworer un de Knister weer ok knapp. Dat hett ok dorto föhrt, dat de meisten nich so een Problem mit düssen Markenwohnsinn harrn un ok nich düsse Koopdwang weer. Ok ik geev to, ik heff mien Öllern mit Levi´s Jeans un een Paar Adidas Turnschoh nervt – man dat weer dat denn ok.

Ik glööv bi uns güng dat dormols allns so sutje komood to, wiel wi nich dörch düsse permanente Verbruckerinformationen terroriseert worrn sünd. Denn to mien Pubertätstiet hett dat Kiekschapp blots dree Sender hatt. Logischerwies dat eerste, dat tweete un dat drütte. An de Noom vun de Sender kann een hüüt marken, dat de Lüüd dor-

mols nich so veel Fantasie harrn un allns blots een praktischen Achtergund harr. Dorto weer allns blots in schwatt un witt, in Farf keem allns een beten wat later un dorför weer ok een Farfkiekschapp nödig. Ik kann mi noch nipp un nau besinnen, dat wi de letzten weern, de sik so een Farfkiekschapp köfft harrn. Un to´n wesseln vun dat Programm hebbt uns Öllern jümmers uns Kinner schickt. Dulle Fernbedeenung.
Dat Leven as Teenee weer dormols ok een beten wat anners. Wi hebbt dor keen Ackerschnacker hatt. Wenn Du Di verafreden däst, weer dat Plicht, dor denn ok hin to gohn – kortfristig afseggen, weer dor gor nicht mööglich. Dat Telefon weer to düsse Tiet ok een „No go Area" – also mien Öllern hebbt dat Gerät as afsolutes Tabu verkloort. Un blots wenn dat een Notfall weer un ik bettelt un beet heff, hebbt se denn een Oog toknepen. Wi hebbt ja ok noch keen Flatrate hatt. Man dat ganze hett för de Charakterbildung een höchstspositiven Neveneffekt hatt. Een Mann een Wort!
Dormols hebbt wi ok wat doon un nich blots schnackt. To´n Bispill bi´t Spelen. Computerspeel hebbt wi nich hatt – un üm to kieken wokeen nu beter, plietscher un gauer weer sünd wi eenfach op ´n Acker oder op de Wisch un hebbt kämpft oder mit´n Stock een utfochten. Dat hett ok af un an weh

doon, man dat weer nich so brutal as dat hüüttodaags is. Wi hebbt uns ok af un an wat op de Nees geven, man wenn een op den Bodden leeg hebbt wi villicht noch „Muckirieden“ mookt oder villicht noch dörkeddelt – man mehr nicht.
De Parties weern mit de Ogen vun hüüt ok eher spartansch. An de Wann hung denn de Alufolie vun Muddi un denn hebbt wi de Glöbirnen vun Vaddi klaut un mit Farf anpinselt un so harrn wi den Vörgänger vun de Lichtorgeln. Un Buddeldreihn hebbt wi dormols noch in echt speelt un nich mit een I-Phone.
Dat Auto weer ok nich mit een Servolenker oder een Klimaanlaag utstatt. Wenn dat mol in den Sommer hitt weer hebbt wi dat Finster daal kurbelt oder dat Schievdack op mookt. Verkloor mol hüüt een Teenie wat kurveln bedüüt. De kennt doch blots Kippschalter. Un vun ABS, Airbag, Stereoanlag oder Navi hebbt wi nichmol dröömt. Sprit hett dormols blots 80 Penn kost – för 10 Mark tanken un denn hett man een schicken Sünndagsutflog mookt – hüüt kümmst mit 5 € man blots vun een Tanksteed no de annern. Dat Auto weer nich een rundet Ei sünnern hett noch Profil hatt.
Ach ja, de Party weer richtig goot un ik heff ok richtig Spass hatt. So as in de 80er Johrn: bunt, dörchknallt un´n beten wild. Ik heff noch an een

Zauberwürfelwettbewerb deel nohmen. To´n Enn hett jedeen Gast noch een typischen Schnack ut de 80 kregen. Mien Schnack weer as Protest to den kolen Krieg: Petting statt Pershing!

Ratzfatz Rente

Bah, hüüt morgen heff ik villicht een Kaffee hatt. Man weer de olt. Ik glööf, de hett tominst een Johr in mien Regol stohn. Man nich allns wat olt is schall glieks schlecht ween. Mit Wien is dat to´n Bispill anners un mit uns Minschen schull dat ok anners ween. Also segg ik to mi: mehr Respekt vör dat Öller.

De Gesellschop warrt ja ok nich jünger. In dat Johr 2000 weern noch dörtig Perzent vun de Gesellschop jünger as 15 Johr. Forscher seggt nu dat düsse Tall bit to dat Johr 2050 op twintig Perzent fallen deit. Un ok dörch de gode Medizin un betere Levens-ümstänn köönt wi ja öller warrn. Dat heet wi warrt öller un öller. Un denn is dat ok nich mehr wiet weg, wat mi mien Kumpel Marc vör een paar Daag vun sien Zivildienst vertellt hett.

He hett in de 80er Johrn sien Zivi bi een öller Dame mookt un se hett sik jümmers beklaagt, wat ehr Auto so veel Sprit schlucken deit. He dach sik, dat kiek ik mi mol an un is denn eenfach mol mitfohrt.

He wull sik ankieken woans se fohrt. De twee stegen denn in un vör dat losfohrn trock de Fru noch gau den Choke düsse Starthölp un hung denn ehr Handtasch doran. Se is also all de Johrn praktisch mit Fullgas fohrt.
Nülichs weer ik mit mien Söhn in´t Schwimmbad un dor heff ik denn bi't verpusten mit een ölleren Mann schnackt. He kunn mi blots schlecht verstohn. He sä denn jümmer: „Wat hest Du seggt." Un ik jümmer luder un luder. Op een mol sä he denn: „Ik kann di ganz schlecht verstohn, ik heff mien Brille nich dorbi." Ik denn: „Ja, ja. Ik koom dor ok noch hen – also lach man nich." Man denn dreep ik em later bi´t Haare föhnen, also mien Söhn fön sik de Haar – ik bruuk dat ja nich. Un denn seh ik ok, dat he sien Brill op harr un jedeen Wort verstohn kunn wat ik seggt heff. Denn an den Bögel vun sien Brill harr he ok noch een Hörgerät inbuut.
Vun em keem ok de Schnack: „Dat heff ik in de Rentnerbravo leest." Dormit meent he de Apotheken Rundschau.
Also wat schall ik seggen, beklagt ji jo nich jümmer över olen Kaffe. Ok wi warrt mol oolt un schwach.

Speed Dating

Mien Kumpel Jörg weer nu meist 10 Johr Single, hett he tominst seggt. Un denn hett he ohn dat wi dat mitkregen hebbt heiroot. De eene Week weer he noch Single un denn is dat passeert. Un de Bruut is nich etwa schwanger. Nee, de Grund is ganz eenfach de Leev. Kann dat angohn? Leev op den eersten Blick. Un de hebbt sik nich lang kennt. He hett sien Sarah bi een Speed-Dating dropen. Un denn hett dat Zoom mookt un se hebbt denn seggt, wat schüllt wi lang töven, nich lang schnacken, wat Du hest dat hest Du. Dat is nu een Johr her un ik heff den Indruck, dat dat wunnerbor löppt.

Dat Speed-Dating kümmt ja vun een amerikaanschen Rabbi, he hett versöcht in de jüdischen Gemeenden de Singles dorbi to hölpen, een Partner to finnen, de passen deit. Un dat hett wunnerbor funktschioneert.

Dat kann doch eegentli ok een Mittel ween, de Plattdüütsche Gemeende een beten grötter to moken oder tominst dat Överleven to sekern? Ik

meen, dat is doch mol een gode Möglichkeit mit moderne Middel, een ole Traditschon to bewohren. Een bruukt för so een Termin ja blots 10 Keerls un 10 Deerns un denn af dorför. Platt mutt denn de Dating-Spraak sien un denn kann jedeen mit jedeen schnacken. Man de hebbt blots 3 Minuten Tiet to´n Schnacken un denn kümmt al de nächste. Een Statistik seggt, dat 61% Gefallen an dat annere Geschlecht funnen hebbt ud dat 36% sik ok wedder drapen hebbt. Also wenn dat nich wat is. Bi 20 Lüüd sünd dat ja glatt 4 Paare. Ik finn dat is een goden Schnitt. So kann denn pö a pö een lütte plattdüütsche Gemeende in een Ballungszentrum to Stann komen. Also 20 Junge Plattschnacker to finnen kann ja egentli nich so schwor ween oder?
Een kann ja ok so een Speed-Dating för ganz annere Saken organiseeren. För Geschäfts-Lüüd wenn de Geschäftspartner söökt. Oder wenn een een Babysitter söcht denn köönt so de Familien un de Babysitter tosomen komen. Dat geiht ok för den Jobmarkt – Arbeitgever un Arbeitnehmer köönt so gauer tosomen komen.
Uns Novers in de Norden, de Dänen hebbt in Kopenhaben in jedeen Stadtbus twee Placken mit rode Plätze för Singles, so köönt de sik gauer kennenlernen. De nöömt sik „Leevplacken“. Also dat is denn dat mobile Speed-Dating. Dat kann ik mi för

Hamborg ok goot vörstellen. Blots hier is mien Vörslag, mookt wi dat denn mit een Motto. Speed-Dating för Singles, för Geschäftslüüd, för Plattschnacker oder för Lüüd, de een Wohnung söökt. Allns mit Speed – gau gau gau.

Ik will blots för Jörg höpen, dat ut sien Speed-Date nich een Speedbeziehung warrt un allns wedder gau vörbi is. Toi toi Toi!

Kinnerschnut schnackt Wohrheit ut!

„Papa“ weer dat eerste Woort wat mien lütten Söhn seggt hett. Dor weer ik bannig stolt op. Ik kann mi noch nipp un nau besinnen wonehr dat weer. Mien Fru hett mi glieks anropen un hett mi vertellt, dat de Lütte dat eerste mol wat seggt harr. Mien Stammholler weet, wo een Prioritäten setten mutt. Un dat kennt wi doch all oder? Jedeen Wort dat dorto keem hett uns Harten höger hüppen laten. Goot nich jedeen: „Papa doof“ hett mi ok´n beten wat weh doon. Man de Lütte hett tominst lehrt, sien Emotschoon un wat in em so vörgeiht uttodrücken un dat is doch ok wat.
Man af un to kümmt dat jüst denn vör, wenn dat nich so lustig is. Ik meen Kinner kööont ja nich allns kuntrolleern wat se mookt, dat heff ok ik lehrt. To´n Bispill in de Kark, dor is denn Gottesdeenst. De Paster predigt dat Woort vun Gott un sünst is dat Mucks Musen still un op eenmol meent de Lütte he mutt de Luft achter rut laten. Un hett, as een in sien Visage sehn kann, ok bannig veel Spooß dorbi. Denn

brummt dat kort – un as wenn dat nich langt: „Papa ik heff een Pup mookt – hest dat hört?“ Dat is pienlich – sülvst mi. Vör allen wenn de Lüüd vör mi un achter mi anfangt to grienen – so dat de Lütte dinkt – mit Publikum mookt dat noch mehr Spooß. Wenn se nu de Büxen in de Öffentlichkeit vull mookt oder sik ok mol in de Töövstuuf bi´n Dokter övergeeft – dat kann passeern un denn weet wi Öllern ok, de annern Lüüd föhlt tominst mit dat Kind mit un hebbt´n beten Mitleed. Aver anners sünd dat mitünner Sekunnen bi de ik denk: „Skotti, Beam mi gau weg !“

Nülichs heff ik een beten schadenfroh op een annern Mudder keken. Ik weer gau noch wat inkopen un tööv so in de Schlang – dor weer so een lütten Butje mit sien Mudder. Se weer, is ja klor, teemlich in Stress – Fieravend un gau noch wat inkopen. Un op eenmol seggt de Lütte: „Muddi kiek mol, bi de Fru dor achtern kiekt de Mors ut de Büx un se hett jüst so een Ünnerbüx an as du – so een, de dörch de Morsbacken geiht.“

Moin tosomen!

„Moin“ segg ik un nix keem trüch! So is dat bi´t Joggen. Gifft welke, de grööt, un dat gifft de ganz coolen. De loopt mit´n Tunnelblick eenfach liekut. Dat sünd för mi „Loopstrevers“. Mit een Klock, de de Tiet un den Hartenslag wiest, dor tüdelt se denn nämli so een Ding üm de Bost, de denn mit de Klock kommunizeert un seggt, wat de Puls jüst mookt: Gedööns schnackt mol wedder mit Gedööns. Denn hebbt se Funkschoonsklamotten an un natürli ok mit'n Funkschoonsünnerbüx – Klamotten de woll weet, wonehr dat hitt is, wonehr du schweten deist un wonehr dat meist to köhlig is. Un denn de Schoh, dat is een Wetenschop för sik. De sünd denn no een Videoloopanalyse anpasst. Du mußt dorför denn to een Schohladen oder beter noch to een Oort Loopdokter. De schickt di denn op een Loopband un kickt sik nip un nau an wo dat vun achtern mit dien Lopen utsüht. Wat du X oder O Been hest – wat dien Mors bi dat Lopen mookt, op welke Oort un Wies dien Fööt op den Boden opkoomt un so wieder un so wieder. Dorno söcht denn de sonömte Loopdokter den Schoh för di ut, de an besten passen deit. Dat mutt een sik mol vörstellen. Hi-Tech op twee Been. Dorgegen sünd wi woll echte Steentietminschen. Keen Wunner, dat düsse Loopstrevers denn ok loopt as een Roboter.

Denn kümmt mi een Grupp vun öllere Lüüd in de Mööt – all goht se an'n Stock – bi´t Nordic Walken. Ik segg „Moin" – un tominst teihn Mol „Moin" kümmt trüch. De hebbt dor Spass bi, dat heff ik gau markt. Dat weer so een Kaffeefohrt bi Loopgeschwindigkeit. Sabbeln, lachen, sabbeln, hett blots Kaffee un Koken fehlt.

Doch denn heff ik bummelig söss oder acht Fruunslüüd sehn. All in Loopklamotten. Man düsse Fruunslüüd harrn noch een lütt Kind vörn Buuk. Mudder-un Kind-Walken heet dat woll. Un vörn weg een Alphafru, de jümmers Kommandos geev. So´n beten harr dat wat vun Grootstadtkänguruhs bi´n Utloop mit een Drillinstrucktor. Dor muss ik wedder grienen.

Man wat mookt dat woll mit de Kinner? Ik glööv, de kriegt al een Looptrauma. Dat sünd de Loopstrevers vun morgen. Ok de heff ik mien „Moin" toropen. Man dor keem nix torüch. Is klor, de sünd ja bi de

Arbeit. Ik mööt denn jümmers an Abebe Bikila denken, de Oromo ut mien Heimot Äthiopien, de hett 1960 bi de Olympischen Speele mit den Marathonloop de eerste Goldmedallie överhaupt för Afrika hoolt. Un de harr gor keen Schoh an, nee, de leep *barfoot*! Nu kümmst du!

Eet ik oder diät ik

„Den nächsten Gang bitte ohn Kantüffeln." „För mi ok!" „Un för mi ok, bitte!" Veer Fruunslüüd an uns Disch hebbt den tweeten Gang ohn Kantüffeln bestellt. Dat weer op een Hochtiet un ik weer dor mit mien Fru. Tein Lüüd an een Disch un veertig Perzent dorvun mookt een Diät. As meist sünd dat de Fruunslüüd. Lowcarb Diät. Also keen Kohlhydraat, keen Zucker un keen Alkohol. Na denn köönt wi dat ja hüüt avend richtig krachen laten.

Een Forsaümfraag seggt op de anner Siet, dat sik 71 Perzent sik sülvst geern lieden möögt – se find sik attraktiv. Man worüm heff ik blots dat Geföhl, dat dat jüst annersrüm is – dat dreevertel vun den Fruunslüüd rümdiäten doot un sik allns annere as attraktiv finnen doot. In de sülvige Statistik steiht ok dat 43 Perzent finnen doot, dat se sexy sünd. Ik glööv bi de Mannslüüd sünd dat seker 75 Perzent. De sünd doch den Morgen vörn Speegel un find, dat een Keerl beter gar nich utsehn kann. Meist is dat ja so, dat sik bi de Mannslüüd vun ehrn Körper in ehrn

Brägen dat Bild inbrennt hett, dat se mit 21 Johrn harrn. Un dorüm denkt een groot Deel vun de Keerls ok: „Ik weet gor nich wat se hett, is doch allns fein“.

De armen Diätfruuns. De sünd ja duppelt bestraft. Denn een Studie vun de Uni Bristol in England seggt, dat een sik Minschen würkli schöön drinken kann. Denn wenn een en paar Lütte intus hett, find een annere Minschen schmucker. Dat liggt dor an, dat wi Minschen schmuck finnen doot, de een symetrische Visage hebbt. Also unsymetrisch heet denn: he oder se is hässlich. So un wenn Du nu wat sopen hest, kannst´ dat mit dat Symetriedenken vergeten. Kannst ja ok nich mehr liekut lopen. Dien Brägen lüggt di denn an un seggt di eenfach, dat een Visage, de egentli krumm un scheef is, tipp topp un ohn Makel is.

De armen veer Fruunslüüd bi uns an Disch. De köönt sik nich satt eten, find, dat se nich de Schmucksten sünd, wiel se sik eenfach to dick finnen doot un köönt sik de bräsigen Keerls op de Hochtiet noch nich mol schöön drinken. Na denn Prost!

Gifft A-Promis un Y-Promis

Punkt Klock söss pingelt dat an de Döör. „De Chauffeur is dor“, seggt een Bedeenstete vun dat Hotel. Ik gau allns tosomen packt un rünner no den Ingang. Dor tööft al Barbara S. Wi twee hebbt denn tosomen den Wagen no dat Event nohmen, dat wi ok tosomen modereen schüllt – een grode Pries-verleihung. Barbara S. is een richtigen düütschen A-Promi. Jedeen in uns Land keent ehrn Noom un hett ok een Meenen över ehr. Un de is meist positiv. Se modereert jedeen tweeten Freedag ok een Sendung för den NDR, man mehr will ik nich verroden.

Ik also mit ehr in uns grote lange Limousin, mit Fohrer un föhlte Tempo 70 dörch Berlin. Wi stoppt direktemang an den roden Teppich un denn güng dat glieks los. Dusend Fotografen, Blitzlichtalarm. Een Spektakel „hier hier hierher“ heff ik blots hört. Un denn jümmers „Barbara Barbara“.

Un denn op een mol „können Sie mol zur Seite gehen ?“ – „Ja Sie !“ De meent mi. Ik heff denn för

Barbara S. den Roden Teppich free mookt. Kann ja ok nich erwarten, dat de Lüüd in Berlin mien Visage kennen doot, oder? Ik tööf also an´t anner Enn vun den Roden Teppich. Un se weer bi´t poseeren för de Fotografen. Un denn keem een A-Promi no den annern: Dita von Teese, Jean Paul Gaultier, Nazan Eckes, Jorge un un un. Ik weer also Mutterseelen alleen in mien Smoking un mien scheeve Fleeg an annern Enn vun´n Teppich. Lütte doofi vun´t Land in de Hauptstadt. Een luut Pingeln weer to höörn – dat akustische Signal, dat dat nu losgeiht. So as in´t Theater. Endlich – dach ik. Un denn keem vun een wildfrömde Fru toletzt noch de Bewies, dat ik keen vun de A-Promis bün: „Segg mol, kann ik di mien Mantel geven oder wo schall ik em ophangen?“

Wat passt denn?

Wenn´t nich passt mookt wi, dat dat passt.
Wat passeert egentli in uns Welt – Saken koomt tosomen wo ik dat nie nich dacht heff.
Dat gode olle Gesichtsbook – wat jedeen hett, üm to vertellen dat se nu Kaffee drinken oder eenfach de Welt doran deel hebben laten wüllt, wat se nu een Pups mookt hebbt, kümmt nu mit den Ümsonst-sms Deenst för Teenies *Whats app* tosomen. Dulle Idee vun düssen Marc Zuckerberg – he meent, dat dat Gesichtsbook för de junge Generatschoon veel to ooltbaksch is. So will he jung un oolt tosomen bringen un anstännig Schotter moken. Also Gesichtsbook-SMS dat schall de Lösung ween.
Denn munkelt de Lüüd, dat ok noch Heidi Klum un Seal wedder tosomen koomt – ja kann dat denn angohn – toerst so een Remmi Demmi – he kann mi an Mors kleien un so – un schwupp di wupp düssen Eiwitt vullstoppten Bodyguard meist heiroot. Denn sünd noch Gerüchte ümgohn, dat se villicht

schwanger vun em is un denn allns wedder vörbi. Wiel Seal vör de Döör steiht. Wat schall dat denn blots ?
Denn doch lever düsse Meldung vun den niegesten BH, de vun sülvst open geiht wenn echte Geföhle in ´t Speel sünd. Dat is mol wat handfastet. BH un Geföhle dat passt.
Apropos Geföhle: Ok Pinguine hebbt ja Geföhle – de sünd ja egentli an Südpol tohuus. Man wenn se in den Norden ümtrocken sünd hebbt se een Problem – dat is nich mehr richtig köhlig. Nich blots dat – wenn se in England ankoomt, denn hebbt se ok Schietwedder.
Dat geiht op de Stimmung – so dull dat se nich mol mehr ut ehr Käfig wüllt. Man de Engländer vun Scarborough Zoo hebbt veel Mitgeföhl un sünd plietsch. De Pinguine kriggt vun nu an för´t Middageten to´n Fisch ok noch Antidepressiva. Na denn passt dat ja wedder. Een depressiven Pinguin wüllt wi ja nich hebben. Wi Minschen hebbt ja ok Geföhle.
So nu bün ik al neeschierig, wat Heidi Klum in Tokunft op facebook oder WhatsApp posten deit, wenn Seal wedder bi ehr introcken is … vunwegen Geföhle un so.

Nich an fummeln wenn´t löppt!

Wat hebbt Brad Pitt un een Hamborger gemeen? Also ik meen nich den Hamborger to´n Eten – sünnern uns, de Börgerslüüd vun Hamborg. Wi beid mööt töven. Brad op de Hochtiet mit sien schmucke Angelina Joli un Hamborg op sien schmucke Elvphilharmonie. Un jümmers gifft dat wedder een annern Grund worüm dat allns later un later warrt.

Nu gifft dat een poor Ünnerscheed, man so groot sünd de nich. Brangelina hett sik in´t letzte Johr verloovt – dat is ja al een Verspreken, dat dat een Hochtiet geven warrt. In ünnerschedliche Bläder un Interviews hebbt se wiest wo groot ehr Leev is. Een kann jümmers hörn un sehn wat dat woll för een harmonsche Ehe ween mutt. Denn süht een de beiden foken op een roden Teppich no een annern. Een kann sik fragen, worüm hebbt se nich al Heirot. Wat schall dat ganze Theoter? Un de Elvi hett jüst een Open-Döör-Dag hatt – üm so de Hamborger in ehr Hart to laten. Woveele Hamborg sünd dor al hen west – ik meen dor is ja ok al allns to seggt worrn. In de Dagbläder, in´t Radio un in´n Kiekschapp hebbt Hamborger Politikers seggt, dat dat nu würkli vöran geiht. Dat Monument is ja ok nich to översehn. Is ja so een Art Stachel in dat Hart vun de Hamborger. Dor mutt een mol de Döör open moken. Ok so een Ort Verspreken – so as een Akt üm Vertroon to winnen.

De Planeree is bi Elvi un bi Branjolina amteurhaft. Ik segg mol, wenn een mit 700 Millionen Euro so´n beten wat blangento liggt kann een dinken, wat de Planers in de School in Mathe een Finsterplacken harrn. Un över den Tietplaan bruukt wi bi de Architekten gor nich to schnacken. Verkloor dat mol een normolen Minschen, wat dor allns scheef gohn is. Wat dat allns kost hett un wat een mit dat ganze Geld moken kann, wat se dor in de Elv versenkt hebbt. Un denn mutt een sik blots vörstellen wat passeert, wenn mien Söhn sik in een Mathearbeit verrekent hett. Wenn dat so weer as bi de Architekten kunn he glieks een extra Runn moken. Bi Branjolina mookt tominst de Kinner de Hochtietsplaneree, dor dröfft dat amateurhaft ween. Mudder Angelina finn de Plaaneree vun de Kinner tominst drullig. Se hebbt sik een Disneyhochtiet wünscht Micky Mouse un Donald Duck in witt, de Kinner wüllt dat dat een beten wat vun Hollywood hett. Dat find wi bi de Elvi ja ok oder? Hett wat vun een Comedyfilm? Is nu nich richtig drullig – man een beten doch – deit aver ok bannig weh – wat köönt wi mit all dat Geld allns moken – dormit kann ganz Hamborg heiroden un een fette Party mik maus vun de welt fiern.

Avers wi wüllt ja nich jümmers meckern – löppt ja allns – ok wenn´t nich al to gau is. Un wo seggt wi dat op Platt: nich an fummeln, wenn´t löppt. Man wat doon wenn´t nich löppt – villicht doch an fummeln – nich an Angelina – wat denkt ji denn – ik meen an de Elvi.

De Welt is doch een Dörp

Ik sitt nülichs in´n Toch vun Hamborg no Berlin un bün so bi´t Lesen. Op een mol fraagt de Keerl blangen mi, wat ik een Ladegerät för düsse Ackerschnackers mit den Appel heff. Dat ganze op engelsch. Ik segg „Yes! – hier kannst hebben“

Un denn sünd wi in´t Schnacken komen. Toeerst op Engelsch un he mit spanschen Akzent un denn op Düütsch ok mit spanschen Akzent. Ik segg dat mit den Akzent dorum, wiel mi opfullen is, dat sien Akzent wat vun Südamerika harr un ik mag geern de Herkunft vun Lüüd raden, wenn ik hör oder seh dat se nich ut Düütschland sünd. Denn löppt bi mi so een Scan-Programm as op een Computer af – so een ... Heimatscanner – un denn fraag ik, wenn ik een paar Indizien funnen heff: „mit 75 Perzent Wohrschienlichkeit büst Du ut Paraguay“. Toerst keek he mi een beten wat sparsam an un dach woll, wat ik een an de Waffel heff. Un denn kunn ik in sien Ogen sehn, dat he mien Spass verstohn hett. „Nee, ut Peru“ sä he. „Ach Peru, dat is ja gor nich so wiet weg“, so´n beten no dat Motto „Mailand oder Madrid – Hauptsook Belgien“. „Peru, dor heff ik´n Barg mit to doon hatt, dormols as ik as Kaffeekoopmann in Im- un Export arbeit heff. Dat is al fofftein Johr her, dor hebbt wi containerwies Kaffee ut Peru importeert.“ Heff ik stolt vertellt un maak een op Mann vun Welt. Ik laat ja keen Gelegenheit ut, to vertellen, dat ik ok wat Anstänniges lehrt heff.

Dor seggt he: „Ik bün ok ut de Kaffeebranche – ik verkoop den Kaffee ut Peru“. He weer also een vun de Peruanschen Kaffeeexporteure, vun de wi jümmers jüst düsse Container köfft harrn .

„Ik bün Ricardo Juan, wo heetst Du denn?“ Ik bün meist achtern överfullen. Dat weer Ricardo ut Lima, wi hebbt johrelang tosomen Kaffee hannelt, jümmers telefoneert. Meist noch kort vör Fieravend, vun wegen den Tietünnerscheed twüschen Düütschland un Peru. Wenn wi hier kort vör Fieravend ween sünd weer dat in Lima kort vör Fofftein. Dat heet wegen den Kaffee ut Peru hebbt wi dormols foken eerst üm Klock 8 Fieravend mookt. Un denn hebbt wi üm jedeen Cent schachert. Achterran hebbt wi denn per Handslag – dörch dat Telefon so to seggen – fief, teihn oder ok mol mehr Container köfft. Dat weer heel spannend – den annern Dag hebbt wi natürli ok noch een

Verdrag schickt – toerst noch per Telex un denn per Courier. Ja so leep dat dormols. Un dat dulle is wi hebbt uns nie nich sehn – blots telefoneert.

Un nu sitt he foffteihn Johr later blangen mi in´n Toch vun Hamborg no Berlin un ik speel mit em mien Heimatscanner – kann ja woll nich angohn. De Welt is so een verdammt lütt Dörp. Man an mien Heimatscanner mutt ik noch een beten arbeiden.

Wat doon wenn´t pienlich warrt

Dat gifft ja pienlliche Saken in't Leven! Kennt wi all. Un denn gau een Utweg to finnen, is in so een stressigen Momang nich so eenfach. Ik weer, jüst as ik frisch mit 18 mien Lappen kregen heff, mol op't Amt wegen een poor Knöllchen. Ik heff een Stapel Knöllchen kregen – also een richtigen Stapel – seker so föfftig Stück. Un dor heff ik mi dacht, wenn ik de in bar betahl, krieg ik villicht een Bar-un Mengenrabatt. Also ik mi schmuck mookt mit mien Knöllchen ünner de Arms un rin in de gode Stuuv. Ik natürli fründlich un nett as jümmers un will mi denn een beten inschleimen. Ik heff denn de Fru verkloort wat ik will – denn hett se mi toerst een beten wat sporsam ankeken – avers se hett denn achteran mit sik schnacken laten. Se is denn noch ganz ooltbacksch an den Aktenschapp gohn, üm de „Dibaba"-Akte rut to holen, un dreih sik üm. Un dor heff ik wat sehn, wat ik egentli nich sehn wull. De Fru achtern Tresen hett ehrn Rock in de Ünnerbüx klemmt un ik denk, vertell ik ehr dat nu oder nich?

Segg ik wat oder segg ik nix. Ik heff denn lever nix seggt – will ja noch mien Knöllchenrabatt kriegen. Mien Rabatt heff ik kregen, man argert heff ik mi liekers, dat ik nix seggt heff, weer villicht doch een beten netter ween.
Denn heff ik mol för een Schauspeelrull een Casting mitmookt. Ik heff mi heel akraat vörbereit, üm den Job blots to kriegen. Also ik denn hen un schull in so een Töövstuuv noch för fofftein Minuten sitten blieven. Denn keem de Regisseur rin güng to eerst no Tante Meier hen, maak sien Geschäft un keem achteran op mi to un sä, dat ik mitkomen schull. As he nu vör mi güng seh ik, dat he noch een halven Meter Klopapeer ut sien Büx hangen harr. Ik besinn mi in düssen Momang an de Knöllchen-Fru ut Delmenhorst un denk dütmol maak ik dat richtig – düsse Gedanke güng in Millisekunnen dörch mien Brägen. Un denn segg ik: „Entschuldigung, Sie haben noch das Klopapier aus der Hose hängen“, un een Millisekunn later heff ik markt, dat weer jüst dat Verkehrte wat ik doon harr. Sien Visage hett allns seggt. „Dibaba – Du hest jüst dien Casting versemmelt!“ Tja, un so keem dat denn ok – bi´t Casting hett he mi eenfach mit sien Blick afsaagt. Dat weer de Grund worüm ik noch bi keen een Tatort to sehn bün.
Hollst dien Muul is dat verkehrt un seggst du wat is

dat ok nich richtig. Vör een paar Daag heff ik wat beleevt – dor güng dat ok ohn wat to seggen. Ik weer in een Sauna un weer so richtig dull an´t Schweten. Un dor geiht opmol de Döör op un een Keerl hett sik dat blangen mi so richtig komood mookt. Man ohn Handdook. Eenfach so hett de Keerl sik op de Bretter sett. Ik denk noch, wat is dat för een Schwien – wenn dat jedeen so mookt. Jedeen Kind weet, wenn Du in de Sauna geihst un di op de Bretter breet maakst, denn blots mit´n Lappen ünnern Moors un sünst gor nix.

Nu weer dat een besünnere Sauna – een beten rustikal. Twüschen de Bretter weer de Afstand grötter as normolwies. Tja un denn is dat passeert wat passeern müss. De gode Keerl hett sien Gedööns twüschen twee Bretter inklemmt. De Arger güng man nu eerst los, denn wat hitt warrt, warrt ok grötter un dat deiht weh – dat kunn ik ok in sien Ogen sehn un de worrn ok grötter un grötter. He versöch noch op to stohn – man dat güng gor nich. Un ik dach mi, vör he nu in de Bedrullie keem will ik em gau vun sien Pien befreen un geev em een Opguss to´n afköhlen. Vull vun Dank is he gau rut un hett eersmol een isekole Dusche nomen. Endlich mol wat richtig mookt, ohn wat to schnacken.

Terror achter veer Rööd!

„Kannst Di mol weg moken – ik mutt dor vörbi!“ Dat heff ik nülichs hört, as ik mol wedder dörch mien leevste Altno to´n Inkopen ünnerwegens weer. Dat weer mol wedder so een junge Mudder un ik heff blots noch mit den Kopp schüttetlt. Jümmers ünner Damp. Mit Kinnerwogen ünnerwegens, een Coffee-Togo in de Hand un amokortig op´n Padd. Un wenn Du op´n Trottoir, wo noch een Buusteed un blots een Spoor vun 50 cm is un di so een Muddi bemött denn vörsichtig – kann nämli passeern, dat se, wenn Du nich op Zack büst, di so een Kinnerwogen an´t Schienbeen rammt un dat sünd Pien kann ik jo vertellen. Ik heff dat allns beleevt. Se hebbt ja inbuute Vöhrfohrt, wiel se so een Göör inne Koor hebbt – so as Freefohrtschien.
Wenn Du denn mit dien Fohrrad, worüm ok jümmers, op den Trottoir büst, denn kriggst ok noch so een Schnack as „Dat is keen Fohrradweg, du Idiot“ mit op´n Weg. Vun dor an weer mi also klor: Fruunslüüd in de dörtiger Johrn, strehnige Hoor,

Kinnerwogen un Coffee Togo – Obacht – dat kann een Terrormuddi ween.
Nu gifft dat een niege Spezies de is noch gefährlicher: Terrorvaddis! Keerls twüschen dörtig un föfftig. Je oller desto doller – dat passt hier wunnerbor. Wenn se nämli ok noch laat Vadder worrn sünd, hebbt se, glööv ik, dat Geföhl, dat se den Nowuchs noch mehr behöden mööt. Coffee Togo, Kinnerwogen, strehnige Hoor un een Brill mit schwatten Rahmen. Dat is de Kategorie – ik weet allns, ik heff wat vun de Welt sehn un du kannst mi nix vertellen. Eegentli keen Ünnerscheed to een Mantafohrer, mit dicke Oberarms un Tattoo vun de Leevste dorop. Dorgegen is so een Muddi vun vörhen ja een Frohnatur. Düsse Vaddis sünd mit de Gören op´n Speelplatz, schnackt mit nüms, man bölkt jümmers dat Göör an: „Horst Kewin Du musst noch dien Dinkelkeks op eten".
So, un nu överseh mol so een Terrovaddi mit sien Kinnerwogen an een Krüzung. In een Millisekunn jumpt de achter een Auto vör, bölkt di an un wenn du Pech hest, denn kriggst noch een mit de Fuust op de Motorhaube. Dor kriggst Du nämlich allns af, wat sik bi düsse Terrorvaddis in de Öllerntiet anstaut hett. Kinner, Köök un Karriere – de Fru kümmt genervt no Huus un will, dat wat to eten op den Disch is. He mutt rut wenn dat Göör in de Nacht

blarrt. Un he mutt ok de vullscheten Windel wesseln. Also leeve Keerls mehr Respeckt för den Job an de Kinner – dat is doch nich so eenfach as dat utsüht – un wi Keerls köönt so froh ween, dat wi nich ok noch de Kinner kriegen mööt. Dat schall ja sogor een poor Mannslüüd geven, de mookt sik weg wenn dat Kind kümmt – un ik meen nich op veer Rööd sünnern ut den Schoß vun ehr Fruuns.

To nett, gifft dat nich!

„Kannst du nich mol kieken, du olle Dööspaddel" – ja dat heff ik seggt, ik, de ansünsten so fründliche Dibaba. An leevsten harr ik den Keerl mol so richtig dörchschüttelt. Sowat kümmt nich so foken vör, man wenn, denn kann ik füünsch ween. Denn vergeet ik all de Höflichkeit ut mien ostafrikaansche un nordeuropäische Heimot. Ik kunn mi jüst noch trüchholen.

Un denn keem al de nächste Footgänger. Geiht eenfach över den Zebrastriepen ohn mol to kieken, wat ik anholen do oder nich. Mien Blick hett em denn al över den Jordan bröcht – ja, ja blots mien Blick. Dat kann doch nich angohn. Ohn to kieken eenfach so över de Straat. Wat geiht denn egentli in den Brägen vun düsse Lüüd vör? Hebbt se överhaupt een Brägen?

Autofohrn is nich blots Gas geven, de Kupplung petten un denn wedder Gas geven.

Autofohrn is ok, sik mit de annern Verkehrsdeelnehmer uttuschen. Kommunikatschoon. So as „ik seh di – sühst du mi ?“ – „Du kannst fohrn“ oder „tööv mol kort“ oder „ik bün nich vun hier, ik bruuk noch een Ogenblick, bit ik weet wo´t langs geiht.“ Dat seggt een to´n Bispill een Nummernschild ut een annern Stadt. Man nich doch, dor gifft dat tatsächlich een poor nette Hamborger de hebbt denn jüst in düssen Momang nix beters to doon, as op de Huup to drücken. Man dat hölpt den annern överhaupt nich. In´t Gegendeel – de warrt denn nervös un weet gor nich mehr wo vörn un achtern is.

Mann oh Mann – wat för Ignoranten. Wokeen to eerst kiekt hett verloren. Later steiht denn op sien Graff „her weer to cool to kieken“ .

Sik uttuuschen heet: Mit de Ogen, mit de Hannen oder ok mit een Grienen den annern Verkehrs-deelnehmer antowiesen, dat wi em in´n Blick hebbt. So köönt wi op de Stroten een Bidrag dorto leisten, dat uns Welt een beten beter warrt.

Also: Ogen op ji Dööspaddels!!!

Ik riemel platt op Platt

Ik heff nülich bi´t Poetry-Slämmen dat riemeln lehrt, un heff dacht, dat is nich verkehrt, dor mook ik wat vun, weer dull, wenn ik dat ok kunn. Man lehrt weer wohl to veel – lehrt, wenn överhaupt – een Deel, un sünst gor nix – man egol – dat mookt so een Sposs. Dor mookt dat nix, ok wenn´t is een Farce för de, de dat köönt un nu klookschietert un so: „Dat wat de Dibaba mookt, dat is doch för´t Klo!" Geiht mi an´n Moors vörbi – ik mook dat so oder so. Ik söök noch den Sinn – man wo, ja, blots wo? Hier is he – wenn du wat söchst... denn finnst dat to´n Enn. In de School noch Legastenix, un schriffst allns verkehrt un denkst dat warrt eh nix, man denn hest dat lehrt. Op´n mol leev ik dat Spelen mit de Wöör, af un an speelt se ok mol mit mi. Gifft ok mol een molöör. Wenn du nix utprobeerst lehrst dat ok nie. Ok wenn´t nu in Radio oder jichtenswo, ik weet, dat mutt Kunst ween – so oder so. Is dat denn Kunst oder kann dat doch weg? De Kunstpolizei seggt: „Dat is sooo leeg!" Nu is´t

över´n Äther – de Hörer infizeert, wat schüllt wi blots moken, dat weer allns verkehrt. Ik riemel üm mien Leven un versöök noch allns to geven. Dat les warrt dünner un dünner – un ut „n“ warrt nu „m“ un ut dünner warrt dümmer. Tja ok Sülvsterkenntnis un Sülvstkritik köönt mi nich opholen – sünd för mi keen Diek. Dor kenn ik nix un bün ok nich bang. Liekers hör ik se luut: „Hör op, dat langt, nu hör op, wi sünd an´t Lieden. Wi köönt nich mehr – uns Ohren kriggt Hämorrhoiden!“
O.k., o.k., mien Tiet is vörbi, Dat langt nu an Pien. Ik loot jo in Roh – Man ik bün so froh, ik heff dat probeert – un nu mutt ik töven un kieken wat passeert!

Een Flirt riemelt sik op Inder

Ik heff ja al veel över neemodsche Saken schreven. Över Ackerschnacker, Ackerwischer, Yoga-To-Go, Speed-Dating sogor Speedhating. Dat gode ole Fratzenbook, över allns heff ik aflästert. Man nu gifft dat siet Moonden wat – ik will nu den Noom nich seggen anners dinkt de noch, ik will Werbung för düsse nee App moken. Ik segg blots, dat riemelt sik wunnerbor op Inder.

Dat is een App de is de Revolutschoon överhaupt. Ik nööm se mol Kuppel-App. Fröher noch op´n Heirotsmarkt rümlopen un in echt in de Visage kieken mit welke Minsch du bit to´n Enn vun dien Leven Disch un Bett deelen schallst. Nu geiht allns elektroonsch.

Dien Plietschfon bütt denn, wenn Du een Keerl büst een Deern no´n annere an. Mitmoken bi düsse virtuelle Heirotsmarkt kann blots de, de ok een Konto bi dat Fratzenbook hett. So un nu geiht los: De Angebode koomt jümmers op dien Bildschirm flattert. Wenn se di gefallen deit, denn wischst Du dat Bild no rechts un wenn di de Visage nich gefallt, no links. Un wenn de findt, dat Du ok noch een schmucken Keerl büst, denn hest Du een Schanks, een Deern aftokriegen. Denn kannst du se in echt ok bekieken un wenn´t denn passt, kann dat richtig rund gohn.

De Ünnerscheed to´n klassischen Heirotsmarkt is, dat de Lüüd vun´t Fratzenbook dien Intimdaten anflirten doot, wenn Du vun dien Deckel de Faxen dicke hest, kannst se wedder wegsmieten un du büst een Deel vun den gröttsten Swingerclub vun de Welt. Dree-Twee-Een Mien – oder in Müllemmer?

Klookschietern, dat möögt wi geern

Moin tosomen, dor bün ik wedder. Ik kunn ok Moin Moin seggen, dat segg ik in Kiekschapp bi mien Sendung „Mein Nachmittag“ ok af un an. Man dor hett mi een Tokieker anropen un würkli an´t Telefon schimpt: „Segg mol, Dibaba, du seggst jümmers so jovial Moin Moin, dat heet avers nich so, wi seggt Moin, wi seggt ja ok nich goden Dag, goden Dag.“ Un dor heff ik seggt, dat sik dat bi de Lüüd so fastsett hett, un nu seggt se even in´n Norden oftins eenfach Moin Moin. He hett denn füünsch antert: „Een Moin is avers richtiger!“ Un dor heff ik Klookschieter seggt: „Dat heet richtig un nich richtiger, denn een Sook kann richtig oder verkehrt ween, man nich richtiger, dorvun warrt dat nich beter!“

Apropos Klookschieter, dor krigg ik doch glatt een Noricht bi dat Facebook, dat dat Klookschietern gor nich gifft un dat dat vun Klootscheeten kümmt. Een Parade Klookschieter. Ik meen ik kenn Klootscheeten, dat is sowat as Bosseln. Un Klookschietern is eenfach vun dat Hochdüütsche

översett un is dat Sülvige as schlauschnacken. Villicht weer dat ok annersrüm.
Avers dat allerbest hett denn een vun de Schlauschnackers seggt. He meent, he hört roundabout eenmol an Dag een, de dumm Tüüg vertellt. Un dor heff ik richtig loslacht. Roundabout, dat is een engelsche Woort un heet Kreisverkehr. Also, wenn dat för Autofohrers keen Krüzung un keen Ampel gifft, sünnern een Kreis, wo se mit ehr Auto eenmol üm den Pudding fohrt. Roundabout – dat warrt roundabout to 100 Perzent verkehrt nutzt.
Harr he dat op Platt seggt, worr dor nix scheef gohn. Op platt heet dat nämli eenfach „bummelig" un ik finn dat klingt dusend mol beter as Kreisverkehr.
Also in Kreisverkehr un bit Klootscheeten blots eenmol Moin seggen, sünst kriggst dat mit Roundabout all Klookschieters to doon.

Flüchtling langt nich

Wi schnackt ja jümmers vun Flüchtlinge, man dat hört sik so an, as wenn sik een vun Acker mookt hett. Dat gifft ünnerscheedlichste Flüchtlinge. Wi hebbt ja veel vun de Panama-Papeern hört, dor geiht dat üm Stüürflüchtlinge. De wüllt sik mit ehr Kohle direktemang weg moken. Blots keen Stüürn betohlen. Denn gifft dat Zechpreller – ok een Ort vun Flüchtling – de wüllt sik fein een gönnen aver för Gratis. Gifft ok welke de wüllt alle Telte afbreken un eenfach weg – so as in't Leed „ik weer nie nich in New York" vun Udo Jürgens – eenmol verrückt ween un ut all de Dwängen flüchten. Veele wüllt ok eenfach in een annere Welt flüchten – för een poor Daag. Een Korturlaub in een Wellnes-Hotel mit Massage, Ajurveda, Öl un gaaanz veel Tee.

Wenn wi all düsse Lüüd nehmt un uns de nipp un nau bekiekt, den fallt een Sook op. De hebbt sik all freewillig op den Weg mookt. De sünd so toseggen ohn grote Not, also güng tominst nich üm ehr Leven, eenfach mol weg.

Anners süht dat bi de Lüüd ut, de al an morgen mit Bomben opwookt un loot in de Nacht mit Scheetisen-Balleree in't Bett goht. Oder de, wo een no´n annern vun de Familie un Frünnen in't Kaschott landt. Un de nächste kannst Du denn ween. Un denn muttst Du di weg moken – dat worr sünst to gefährlich. Gifft ok welke, de hebbt ehr Land un ehr Huus verloren. Eenfach weg. Platt mookt vun Grootünnernehmen oder vun een Regeern. Wenn de nix mehr hebbt, ok nix to eeten, denn mööt de wo anners hen. Düsse Lüüd sünd all verdreven. Mit eenfach so vun Acker moken hett dat nix to doon. Mit Flüchtling egentli ok nich. Dat sünd Verdrevene – de hebbt se vun ehr Heimat verjoogt. Flüchtling langt dor nich.

Drinkgeld

Dat passt so! Dat seggt wi geern bi´n Kröger, in een Cafe oder in een Gasthuus. Denn geevt wi geern wat, wenn wi tofreden mit den Bedeensteten sünd. Wenn nich gifft dat ok nix. So sünd wi in Düütschland, dat kann di bi uns nämli ok mol passeern, dat di een slecht bedeent oder sogor links liggen lett. In de USA is dat anners. Dor leevt de Updräger vun Drinkgeld un sünd dorüm besünners fründlich. Tipp is dor also een Musthave!

In China op´t Land sünd de Lüüd richtig muksch, wenn se för ehr Arbeit vun de Kunnen noch wat dorto kriegt. Se finnt dat arrogant un föhlt sik allns annere as goot.

In Irland nehmt se Drinkgeld blots an, wenn een nix dorto seggt. Also wenn ji tofreden sünd, eenfach dat Geld liggen laten un blots nix dorto seggen, sünst kriegt ji dat Geld glieks wedder torüch. Un in een Pub geiht dat heel eenfach – een gifft den Kröger een ut. Ik weer nülichs in een Cafe in Hamborg un heff för een Kaffee 3,50 Euro betohlt un wull noch een beten Drinkgeld dor loten. Dor seggt de Fru achtern Tresen doch glatt: „Ik nehm keen Drinkgeld!“ Dat heff ik glieks persönlich nohmen. Is mien Geld nich goot noog? Wat schall dat denn? Glieks heff ik nofroogt worüm se mien Geld nich will. „Nee,“ seggt se, „Ik bruuk dat nich – ik will keen Allmosen! Dat mit dat Drinkgeld is noch vun de olen Tieden, wo de rieken Lüüd de armen Bedeensteten wat hensmeten hebbt, dormit se wat to´n överleven harrn un dat föhlt sik för mi nich goot an!“ So, un no düssen Vördrag heff ik nu jedeen mol een slecht Geweten, wenn ik Drinkgeld geven will – schiet egol, ik riskeer dat geern. Dat passt so.

Indian Summer

Indian Summer... Indian Summer – ik kann dat nich mehr hören. Wat hebbt wi denn mit Indian Summer to doon? Anfang November schnackt se vun Sommer un denn noch vun denn indischen Sommer. So een Dummtüüg. Toerst will ik seggen, dat wi Harfst hebbt. Hett also nix mit Sommer to doon. Blots wiel dat vun wegen „De Eerd warrt warmer un warmer" nu de hittste Novemberanfang weer. So un wat hett dat allns nu mit Indien to doon?
Blots wiel de ole Christoph Kolumbus no Indien wull. Eegentli wull he no China in de Stadt Hangzhou wat dicht bi Shanghai is. Un all de Lüüd üm Christoph hebbt allns Indien nöömt, wat achter Indien weer. So denn ok China – is ut sien Sicht ok achter Indien. China oder Indien – schiet egol Hauptsook Shanghai.
Nu hett he sik jo vun La Gomera ut op den Weg no „Indien" mookt – ik glööv he hett op den Weg dorhen noch wat vun den gomerschen Palmwien sopen.

Op jeden Fall is he denn een poor Weken loter in de Karibik ankomen. Also ut sien Sicht in Indien oder villicht ok China – oder wat ok jümmers. Dat heet, ja de Urinwohner vun Nord- un Südamerika köönt ok Chinesen heten. Doot se avers nich. Se heet jo Indianer – nich mol Inder. Op engelsch heet se tominst gliek – Indians.

Stellt jo vör, de Ostfriesen heet gor nich Ostfriesen sünnern Marokaner, wiel sik een Seefohrer verdoon hett un eenfach dacht hett: och Woterkant is Woterkant.

So un wiel de sonömten Indians, also Indianer in dat Rebeet leevt, wo dat Enn vun Sommer un de Anfang vun Harfst root un gülden is, hebbt se dat Ding eenfach Indian Summer nöömt. Un wi hebbt nix beters to doon, düssen Dummkroom wedder no to sabbeln. So as wi dat mit veele Saken mookt, de över den Ozean koomt. Ik glööv, dat is nich verkehrt wenn wi eenfach blots vun gülden Harfst schnackt – oder norddüütschen Harfst – aver doch nich Indischen Sommer. Tssss

De hebbt doch wat an´n Kopp

Ik heff dat Geföhl dat ganze Land hett wat an´n Kopp. Un dat Schlimme is de Krankheit is nich vun hier – nee, de is vun de anner Siet vun groten Ozean röver komen. Nich allns wat vun Amerika kümmt is goot. Un dat sowieso nich. Wenn Du mol kiekst wokeen allns wat an´n Kopp hett. Kinner al mit söss Johrn, Erwachsene, Grootvadders un Grootmudders. De Football Natschionoolmannschop, ja ok de Football Natschionoolfruunschopp, sogor de Bundestrainer Jogi Löw – gifft ok Biller dorvun.

All hebbt düsse Kopphörer mit Appel, mit een B mit Plüsch mit all so´n Kroom wat een sik vörstellen kann. In de Bohn, op´t Rad, in´t Auto, ofschoonst dat ok een Radio hett, sogor bi´t Lopen. Man blots nix vun de Natur mitkriegen.

Denn gifft dat welke, de sünd würkli in een Paralelluniversum. Wenn du se vun achtern mit dien Fohrrad anpingelst kriggt de nix mit. Loopt avers op´n Radweg. Denn muttst du se direkt in de Hacken fohrn, dormit se wat markt. Ik natürli nich –

ik bün ja de nette Dibaba: „Entschuldigung, dat ik op´n Radweg fohr – dörf ik mol vörbi?“
Oder düsse fernstüerte Minschen. De sünd denn an de Stroten un loopt eenfach los. Ohn to kieken eenfach liek ut un röver. Ik heff jümmers dat Geföhl de hebbt een jichtenswo sitten, vun den se anwiest kriggt, wat se to doon hebbt. Liek ut, links, rechts, holtstop, wieder. Mutprobe – ohn to kieken eenfach över de Stroten.
Dat dullste sünd ja woll Muddies mit Kinnerwogen un Kopphörer – heff ik nülich sehn. Dat Göör krakehl sik gröön, blau un root wat dat Tüüg höllt un Mudder wackelt mit´n Kopp to de Musik, de se op de Ohren kriggt. Wo annere sik över den Larm vun de Kinner opreegt, is se in een annere Welt un totol entspannt. Segg ik doch – se hebbt doch all wat an ´n Kopp.

Kannst mol mien Pin ingeven?

Ach, Se sünd doch vun´t Fernsehn – ik kenn di! Mit düsse Wöör hett sik een Fru bi´n Geldautomoten eenfach vördrängelt. Man bevör ik wat seggt heff, fangt all de Lüüd achter mi an to krakehlen: „Stell di achtern an – du büst noch nich an de Reeg." Ik dach – ja, sachte, sachte. Denn hett se mi vörloten un hett sik eenfach mien Platz in de Reeg nohmen. Dor keem denn noch mol vun achtern – „Nee, den koom ik toerst un denn büst du an de Reeg!" Wat´n Kuddelmuddel.

Ik heff denn mien Geld ut den Automoten trocken un denn keem de Fru to mi hen un sä: „Segg mol, Jung, ik heff mien Brill tohuus vergeten. Kannst Du mien Pin dor ingeven, hier is de Nummer un denn holst mi 150 Euro rut." Ik heff dacht, dat kannst nich bringen. Dat geiht nich.

Avers to´n Glück weer ik dor ja nich alleen. Annere Lüüd hebbt dat mitkregen un sik kringelig lacht. „Dat schallst Du egentlich nich moken – dat is heel gefährlich. Wenn Du an den verkehrten Keerl kümmst, kannst Dien Geld vergeten.“ „Ja, avers ik kenn Di ja ut den Fernseher – ik weet ja wo ik di finnen kann.“

Ik kenn ja veel Lüüd ut den Fernseher, aver mi fallt keen Macker in, den ik ok mien Pin vertellt harr.

Ik will op keen Fall seggen, dat de Fru dumm oder naiv is. Ik glööv, se hett eenfach Gottvertruun. Ik harr nich dacht, dat dat hüüttodags sowat noch gifft.

Also, leeve Lüüd, ik finn düsse Fru is een Vörbild. In düsse Tiet wo all de Minschen bang vör allns sünd, wiel dat överall in de Welt rund geiht, hett se den Moot, eenfach mol een, den se nie nich in echt dropen hett, to vertroon – ofschoonst he vun´t Fernsehen is.

Yared is jümmers de letzte

Ja, ja, ik bün mol wedder de letzte. Nich as jümmers bi de Arbeit oder tohuus. Nee, nu ok bi all de Lüüd in ehrn Ackerschnacker. Yared Dibaba is wegen sien „Y“ jümmers an letzte Steed vun dat Telefonbook. Dat hett Vör- un Nodeele.
Wenn een so een Ackerschnacker ohn Tastensperre hett kann dat passeern, dat he mi utversehn anröppt. Dat neervt denn – wenn denn jichtenseen Dööspaddel an Aparoot is mit den ik nix to doon hebben will. Oder ik bün in´t Utland – un denn pingelt dat un denn geiht glieks de Mailbox an. Dat warrt denn – vun wegen Utlandsgebühr – richtig düür. Denn wenn de Depp dat nich mitkriggt, dat he anropen hett, heff ik glieks dree Minuten rascheln ut de Moorsbüxentasch op mien Mailbox – un dat kost. Oder ik roop denn trüch un froog wat he will un he seggt: „Sorry, bün mit mien Moors an de Tasten komen“.
Avers de Medaille hett ja twee Sieden – de letzten köönt ok de eersten ween. Dat is ja nich blots dat

Rascheln vun Moorsbüxentaschen – af un an oder villicht sogor foken krieg ik ok Saken mit, de nich för mi dacht sünd. Un dor fangt de Spass för mi an. Ik heff to´n Bispill siet Moonden de Leev-Tuschelee vun twee Lüüd op mien Ackerschnacker, de verheiroot sünd – man nich mit eenanner. Ik verrood blots keen Noom. Ik weet ok bi een anner Fru, wo sik dat bi ehr anhört, wenn se bi Tante Meier sitt. Dat is keen Genuss, man een weet ja nich för wat een dat bruken kann. So´n beten föhl ik mi ja as de heemliche NSA – ji glöövt ja nich, wokeen ik allns op mien Mailbox heff, ohn dat de dat weet. Ik heff so´n poor Lüüd in de Hannen – also jümmers nett ween to Yared – mit Y., de de letzte is.

Quellenverzeichnis

S-Bohn-Vertellen; De Imbis an de Eck; Handymania; Pingel Pingel Mors Mors!; Sibirien; Apartig Hannenwaschen; Dör de Dööör dor dör!; Mahltiet; Wat dat nich allns gifft!; Gau Gau Gau; Dor wo de Sünn opgeiht – entnommen aus „Platt is mien Welt“, Quickborn-Verlag, Hamburg 2008.

Wat för een Gedööns; Luftslangen; Hebbt ji dat wusst?; De Doot hett nich blots een Gesicht; Op den Weg no dat Gotteshuus; De Wattolympiade; Kaffee Togo; Ik fohr so geern Rad; Een Bodedag, wat schall dat denn?; Dormols; Ratzfatz Rente; Speed Dating – entnommen aus „Mien Welt blifft Platt“, Quickborn-Verlag, Hamburg 2011.

Kinnerschnut schnackt Wohrheit ut; Moin tosomen!; Eet ik oder diät ik; De Uropa; Gifft A-Promis un Y-Promis; Wat passt denn?; Nich an fummeln wenn´t löppt; De Welt is doch een Dörp; Wat doon wenn´t pienlich warrt; Terror achter veer Rööd!; To nett, gifft dat nich – entnommen aus „Moin tosomen“, Quickborn-Verlag, Hamburg 2014.

Ik riemel platt op Platt; Een Flirt riemelt sik op Inder; Klookschietern, dat mööögt wi geern; Flüchtling langt nich; Drinkgeld; Indian Summer; De hebbt doch wat an´n Kopp; Kannst mol mien Pin ingeven; Yared is jümmers de letzte – entnommen aus „Ünnerwegens“, Quickborn-Verlag, Hamburg 2016.